U0613255

栖于桑林

从《诗经》走进中国人的孩童时代

冷启迪　吴　娟　著

贺学宁　绘

SPM 南方传媒　广东人民出版社

·广州·

图书在版编目（CIP）数据

栖于桑林：从《诗经》走进中国人的孩童时代 / 冷启迪，吴娟著；贺学宁绘. —广州：广东人民出版社，2023.7

ISBN 978-7-218-16675-9

Ⅰ.①栖…　Ⅱ.①冷…②吴…③贺…　Ⅲ.①杂文集—中国—当代
Ⅳ.①I267.1

中国国家版本馆CIP数据核字（2023）第095507号

QI YU SANGLIN：
CONG《SHIJING》ZOUJIN ZHONGGUOREN DE HAITONG SHIDAI

栖于桑林：从《诗经》走进中国人的孩童时代

冷启迪　吴　娟　著　贺学宁　绘

出 版 人：肖风华

责任编辑：李锐锋　吕斯敏
特邀编辑：杨彦华
装帧设计：陈宝玉
责任技编：吴彦斌　周星奎

统　　筹：广东人民出版社中山出版有限公司
执　　行：王　忠
地　　址：广东省中山市中山五路 1 号中山日报社 8 楼（邮编：528403）
电　　话：（0760）89882926　（0760）89882925

出版发行：广东人民出版社
地　　址：广东省广州市越秀区大沙头四马路10号（邮政：510199）
电　　话：（020）85716809（总编室）
传　　真：（020）83289585
网　　址：http://www.gdpph.com
印　　刷：广州市岭美文化科技有限公司
开　　本：787mm×1092mm　1/32
印　　张：6.25　　　　字　数：132千
版　　次：2023年7月第1版
印　　次：2023年7月第1次印刷
定　　价：58.00元

如发现印装质量问题，影响阅读，请与出版社（0760-89882925）联系调换。
售书热线：（0760）89882925

序言

有些书，注定要读起，就像有些人，注定要相遇。

为什么要写有关《诗经》的书？每当朋友问起，我都会如此回答。

大学时就读专业有一门课程——《诗经》选读，满是古汉字的《诗经》看起来如同拒人千里之外的冰美人。但当浙江镇海口音的徐志啸教授操着吴越口音诵读起来时，却叮叮当当地带我们走进一扇历史之门，那些佶屈聱牙的汉字所包裹之下的生活之美扑面而来。三千年前，人们日常里的家长里短、大自然里的生命百态、人世间的万般情愫都入了诗：有生活中的静与美，生命里的喜与忧、爱与青春、态度与风骨……那是《诗经》的"破冰之旅"。

更为惊喜的是，在这趟旅途中，我发现了自己的故乡。西周到秦汉，两次"大一统"塑造了中国，这之间，就是《诗经》的年代。汉江，是壮阔的幕布，而我就成长在汉江上游，也就是十五国风之一"周南"所在地——十堰。这个被人称为汽车城的地方，在我童年的记忆里充斥着烟尘与悲情，因为关乎国运的南水北调工程中线取水源就在这里，丹江口水库大坝水位的每一次提升，都伴随着无数人的迁徙，背井离乡、泪洒故土。推平与重建的机器伴随着轰鸣在这片土地上划下了一道又一道的伤痕，经年累月，让我一度以为自己的故乡就是工地，烟尘滚滚、灰头土脸。从那时起，我就发誓一定要离开家乡，最好去江南，山清水媚、文气氤氲。

后来，如愿以偿。坐在复旦大学的教室里听着徐教授讲述召南、周南的故事，"关关雎鸠，在河之洲""桃之夭夭，灼灼其华""汉之广矣，不可泳思""有女怀春，吉士诱之"……那一篇篇描述着汉江地区生活的诗篇让我重回故乡。孔子说："人而不为《周南》《召南》，其犹正墙面而立也与？"意思是，作为一个人不学习"二南"，就会像面对墙壁而立，寸步难行。孔子还说："不学《诗》，无以言。"意思是，不读《诗经》，便不懂如何说话。梁启超曾经说过："其真金美玉，字字可信者，《诗经》其首也。"它是中国诗歌的开始，中国文学的总源头，也是中国最早的一部诗集。

如此多冠冕加之于身，而年轻人关心的却是，它们真的如孔夫子所说能指导人生吗？在一本本学术专著指引之下，我并没有找到答案，甚至还生出了许多疑问：这个时间跨度在500

年的诗集到底是由什么人，用什么样的方式，把不同地区不同时间的诗歌收集到一起的？虽然司马迁说编辑诗歌的人是孔子，但是它们的作者到底是些什么人？一首诗歌明明写的是爱人之间的怨恨，为什么有学者说是对君王的讽刺？还有关于诗歌的时间、为谁而作等问题，学术界众说纷纭，没有定论，大家一致得过且过了。这些被过度解释的诗篇面目模糊，真相是什么，一直未有答案。我把这些疑问写进了大学的毕业论文，以此结束了四年的学习时光。

再后来，南下工作，上班族的庸常琐碎，淹没了曾经的文学理想，直到娟姐的邀约，让我重新踏进了《诗经》的河流。她曾经和我一样是记者，后来辞职创业做自然教育，在与自然打交道的过程中发现了《诗经》，因为"诗，可以兴，可以观，可以群，可以怨。迩之事父，远之事君；多识于鸟兽草木之名"。《诗经》141 篇 492 次提到动物，144 篇 505 次提到植物，是中国最早的博物学辞典。她希望借助《诗经》，让孩子和成年人在自然与传统之间找到心灵憩息之地，殊途同归，我们终于在《诗经》里相逢。

重启《诗经》，有了更多的发现，目光从周南、召南放大至整个中国北方，从地理的角度，重新审视十五个国家不同的诗风，因为地处戎狄地带，豳风透露出生活朝不保夕的沉郁苍凉；秦风同样彪悍凛冽，笔墨多在盔甲坚挺、马儿肥壮，一起上战场；陈风因被大国相夹，左右逢源，相对羸弱，诗歌却有了今朝有酒今朝醉的浪漫旖旎。而郑风与卫风（邶风、鄘风、卫风）因为基业深厚，显得开放包容，风格多样，活泼可爱。齐国雄踞东方，商贸发达，诗风也多写实主义。

更为重要的是，读诗的这些年，周遭的世界天翻地覆，新冠（新型冠状病毒）疫情打乱了全世界的节奏，面对充满变化的魔幻人间，经常被《诗经》中闪烁的句子所打动与抚慰。如果说大学入门是在用理性审视《诗经》，它凭什么能成为"经"，精力花在了证伪与求实之上，那么遭受了生活的毒打，面对《诗经》却如同照镜。当质朴的短句携带着祖先的生活经验袭来，一击即中，不得不感慨：3000多年了，它依然是中国人的精神和美学家底，关乎我们这个古老民族的内心秩序。就如同上海开放大学教授鲍鹏山在讲《诗经》时说："《诗经》中这些经典表达深入我们的记忆，并被我们在日常生活中引用和遵照，成为我们观察世界、思考人生、应对种种实际问题的价值起点，它仍是活的，且还在指引我们。"

作为个体，我们所面对的迷茫困顿，与祖先同源共流。当我们对自己、对他人、对世界产生困惑，发现很多答案早已写在《诗经》里。所以，在本书中，我和娟姐不纠结于历史的真伪、学术的对错，仅仅从自己的生活和情感出发，找出其中富含意趣的诗篇，表达我们对《诗经》的理解，写出自己读此诗的念想。因为我们深深赞同鲍鹏山教授所说："在人文学科中，最为重要的不是去寻找所谓物理形式的'历史真实'，而是去发现心理形式的'心理真实'；不是去寻找物质性的事实，而是去发现、发掘'人文事实'。"

一个人最可爱的阶段莫过于童年，而对于中国文学而言，最可爱的也莫过于在我们民族的孩童时期，最天真恣意的这一部《诗经》，这也是本书的副题来源。而在《诗经》中出现最多的植物即是桑树，几乎占据《诗经》中所涉国家的一半。桑林是先民生产、生活的场景，是他们驯化几千年的植物，是他们赖以生存的财富。由桑林衍生而出的桑林之舞、桑梓情深、桑间濮上的文化意象更是延续千年，栖于桑林是中国人生活的模样。

　　历代研究《诗经》著作，《四库全书》已经收录达146种之多。如今，还有众多相关的研究著作纷纷面世，我想这就是《诗经》的魅力。3000年前的山河与生命，因为岁月形成了包浆，我们通过文字触摸古老文明的纯真年代，那一次次的靠近，看见自己，看见人心，看见世界，又怎能让人不心生悸动？

冷启迪

2023年3月1日

目录

物语

2　思无邪：《诗经》的核心精神

7　蕨：来自地球最古老植物的美学

12　桑林：童年记忆中最深的那一抹绿

19　睢鸠和荇菜：找回自己和自然的连接

24　香蒲：有肉感的美人

28　葛：一草一木，皆能入诗

32　蝉：
　　羽化的瞬间，整个世界都安静了

38　蟪蛄：
　　看到虫子，你会想起美人吗？

43　桐：
　　琴与道的载体

52　蜉蝣：
　　朝生暮死，为爱而活

57　流火：
　　七月悲苦，却带着力量

67　桑寄生：
　　依附的生命是一种怎样的悲哀？

73　蟋蟀：
　　听，一只蟋蟀在唱歌

80　乌鸦：
　　跌落凡间的神鸟

86　桃夭：
　　人间最美好的祝福

93　木瓜：
　　投我以木桃，报之以琼瑶

99　螽斯：
　　古人如何劝人生三胎

102　我们是如何丧失了「兴」的能力

139　128　121　114　107　心
　　　　　　　　　　　　经

黍离之悲：
知我者，谓我心忧；不知我者，谓我何求

悲剧之美：
把美好的东西撕碎给人看

最美爱情：
一屋二人三餐四季

爱过恨过：
如今都放下了

两封情书：
得不到的永远在骚动

178　176　167　160　151　145

后
记

参考书目

从礼仪化到世俗化：
『郑声』取代『雅乐』

载驰奔赴：
只为我的祖国

燕婉之求：
最隐晦辛辣的政治讽刺诗

君子如竹：
谦谦君子世无双

君子如竹，如果对照《诗经》和孔子的
标准，这世间还有君子吗？

物

语

思无邪：《诗经》的核心精神

孔子在《论语》中如此概括《诗经》："《诗》三百，一言以蔽之，曰：'思无邪。'"

"思无邪"是孔子对于《诗经》的总论，理解了这三个字，我们才能理解《诗经》的核心精神，理解"诗三百"为何能够成为中国的经典。

思无邪，原是《诗经·鲁颂·駉》中的一句诗："思无邪，思马斯徂。"这是一篇赞扬马的诗篇，这一句话说的是"沿着大道不偏斜，马儿飞奔向远方"。"思"在这句话中是语气词，无意义。孔子将其作为"思想"解。

语言学家杨伯峻的翻译是："《诗经》三百篇，用一句话来概括，就是'思想纯正'。"这是"思无邪"最常见的解释。

但是，何为正？何为邪？至圣先师孔子，自认为是"丧家狗"的孔子，会用"正"和"邪"如此黑白分明的两分法来看待和编撰《诗经》吗？

我们不妨回到"思"这个字的本义上来思考。

左边是战国晚期金文的写法，右边是《说文解字》中的写法。上面其实是一个"囟"字，本义是"婴儿头顶骨未合缝的地方"。下面是"心"字。在著名历史学家、古文字学家李学勤主编的《字源》这本大型字源工具书中，"囟"部、"思"部、"心"部是连在一起的。

"想"字就归于"心"部。

《韩非子》中说："人希见生象也（人们很少看见活的大象），而得死象之骨，案其图而想其生也。"所以，"想"字，上半部分是"以目观木"，侧重看到东西，联想情形。

《字源》中解释，"思"更注重于感情的寄托，至于理性的推断，则更倾向于用"维"字。"维"的本义是系物的大绳子，理性的推断就像是将纷乱的麻绳理出条理一样。

注重感情寄托的"思"，"头脑"＋"心灵"的思，"思无邪"是一种怎样的境界呢？

"思"这个字，让我想起了太极老师教我的心法。

2022 年初，因为身陷抑郁，一位友人推荐我去学太极。太极老师职士雄来自陈家沟，自幼习武，常说自己读书不多，但是每每讲到太极拳的心法，总让我琢磨良久。

毕加索说："我用一生的时间，才能像孩子一样画画。因为孩子是真诚的。"

站桩之时，不是让头脑没有思想，而是觉知身体的中正，头脑、心灵和身体是统一的。

就如同近年来非常流行的一个词"正念"，看到这个词，我们的脑海中会浮现一个与之相反的词"负念"。"正念"的意思是不是不允许有负面想法呢？但其实，"正念"的英文原文是 Mindfulness，并没有正负对错的概念，更多的是"觉察"之意。

职老师说，真正的太极特别强调感知，感知自己的身体。"人其实有两种眼睛：一种是我们的双眼，看外界；另一种是我们的心眼，看我们自己。"觉察我们的身体，觉察我们的情绪，觉察我们的内心世界，这是职老师教给我的太极心法。

从"思"字的起源到太极的心法，我们会发现，把"思无邪"解释为"思想纯正"实在是太狭隘。

"说'无邪'是'正'，不如说是'直'，未有直而不诚者，直也就是诚。"近代作家顾随认为"诚，虽不正，亦可感人"。

对自己的身体真诚，对自己的感受真诚，对自己的内在真诚。这真的是一种很高的境界。而被知识、道德、欲望和社会期待填塞与捆绑的普通人，往往无法诚实地面对自己。

《周易》有言"闲邪存其诚"，亦将"邪"与"诚"相对，意思是防范邪恶不侵于心，保持内心之诚。

当代哲学家李泽厚也说，思是语气助词，不作思想解，邪也不作邪恶解。"《诗经》三百首，用一句话来概括，那就是：不虚假。"

所以，"思无邪"，贵在一个"诚"字。毕加索说："我用一生的时间，才能像孩子一样画画。因为孩子是真诚的。"

物
语

《诗经》《圣经》《梨俱吠陀本集》《万叶集》这些经典都是从古代歌谣发展而来。那些人类童年时期的歌谣，抒发着人类最本源的感情和诉求。"自然所具神秘之力，震撼着人的灵魂，为生命力带来充实。"日本汉学家白川静的《诗经的世界》认为这些古代歌谣起源于令神祇显灵、向神祇祈求的语言。而这神就在草木之中。

《诗经》年代，属于古代氏族社会崩塌的历史阶段，民众从氏族的封闭性中苏醒，也开始从对神祇的隶属之中解放出来，获得自由，感情得到解放，爱恋与悲伤可以自由抒发。在新的视角下，自然是新鲜的，人们的感情也变得鲜明。白川静认为，这是人类在历史上首次经历的新生时代。人们追求共同的情感，遂将这种喜悦和悲伤形诸歌咏。

说了这么多，我只是想说，《诗经》其实就是人类童年时期的想象和表达，就是毕加索口中那个"思无邪"的"孩子"。

回到童年，向"孩子"学习，放下成年人的自大，摘掉虚伪的面具，学习孩子身上那些"天然的"秉性，那些蕴藏了人类最深层、最根本的高贵特质——思无邪。

守住它，或许我们的人生会更加真实和自在。

蕨：来自地球最古老植物的美学

◎ 蕨

喓喓草虫，趯趯阜螽。未见君子，忧心忡忡。

——《召南·草虫》

蝈蝈鸣叫，蚱蜢跳跃，秋高气爽的日子，有一位女子正在思念她的心上人。

黄河流域的秋天，草木枯黄，树叶凋零，凉意阵阵，悲凉的秋景唤起了她心中的离愁别绪，激起了无限秋思。因为思念，女子想象和心爱的人相见之后互相依偎、互诉衷肠的场景。

"亦既见止，亦既觏止，我心则降。"只有那时，我内心才是平和的。

物语

7

陟彼南山，言采其蕨。未见君子，忧心惙惙。

——《召南·草虫》

秋去春来，女子爬至南山采蕨苗，未见爱人心忧伤。

在《诗经》的诸多诗篇中，如果你了解诗中动植物的习性，你会对这首诗的时空有一个更真切的感知。如果这些动植物曾经出现在你的生活中，或许还能唤起你更多的记忆和情感。

采蕨，与采薇一样，是《诗经》时代最平常的风景，也是我们这一代童年的记忆。小时候房前屋后就长满蕨草，母亲偶尔会采几手蕨苗回来，吃起来清淡爽口，满是童年记忆的味道。

其实，早在三亿年前，蕨类植物曾遍布我们的星球，为恐龙提供了可口的食物。它们靠叶片背面的孢子繁衍，生命力强盛。

在中山市五桂山小径上行走，路边最常见的就是各种蕨类植物。而每每见到蕨叶的嫩苗，都忍不住要多看几眼。它们有着神秘的螺旋，安静地生长，像问号，像逗号，像荒野中凝神倾听的耳朵。

这些蕨类植物特有的生长形态，近乎完美而自然地展现出恬然的形式美学。

格式塔心理学表明："当一种简单规律的形式呈现于眼前时，人们会感知到极为舒服和平静，因为这样的图形与视觉追求的简化是一致的，它们绝对不会使知觉活动受阻，也不会引起任何的紧张和憋闷的感受。"

或许，这就是你遇见它们赏心悦目的原因。

而那一簇簇盛开在山坡上的扇叶铁线蕨，最让人怜爱。

蕨类植物不开花，但扇叶铁线蕨就是蕨类植物中的美丽花朵。

格式塔心理学认为，当一种简单规律的形式呈现于眼前时，人们会感知到极为舒服和平静，因为这样的图形与视觉追求的简化是一致的，它们绝对不会使知觉活动受阻，也不会引起任何的紧张和憋闷的感受。

它是李香君手中的泣血桃花扇吗？

只要你留意，它就匍匐在你脚边，"轻罗小扇扑流萤"。地球上现存的蕨类植物约有 12000 种，广泛分布于世界各地，尤其是热带和亚热带最为丰富。

蕨是开阔湿地及林缘常见的植物，也是森林伐采后首先大量出现的一种植物。植物体内含有硫胺素酶等毒性物质，以避免动物、昆虫啃食，故能遍布世界各大洲。只有人类才能克服蕨的毒性。

陆游祖父，宋代学者陆佃，在其有关草木鸟兽虫鱼及天文等方面内容的著作《埤雅》中说："蕨状如大雀拳足，又如人足之蹶也，故谓之蕨。"这里描述的应该是蕨小时候的特点，像一个小拳头。

蕨在中国有 61 科 228 属，约 2600 种，主要分布在华南及西南地区。仅云南就有 1000 多种，所以云南在中国也有"蕨类王国"之称。而在中山五桂山的蕨类植物，也超过了 20 种。

在《诗经》中，除了采蕨、采薇，还有采卷耳、采绿。

采薇采薇，薇亦作止。曰归曰归，岁亦莫止。

——《小雅·采薇》

采采卷耳，不盈顷筐。嗟我怀人，寘彼周行。

——《周南·卷耳》

终朝采绿，不盈一匊。予发曲局，薄言归沐。

终朝采蓝，不盈一襜。五日为期，六日不詹。

——《小雅·采绿》

白川静在其所著《诗经的世界》中用日本的古代歌谣《万叶集》来印证人类古代歌谣时代的共同情感和诗歌意象。他在分析这几首采摘之歌时解释说："这种春野里采摘嫩菜，是一种季节性的行事，怀着某种心愿，可能也有预祝的目的。"

　　君至难波边，妾自采春菜，途有小儿过，如见良人面。

　　　　　　　　　　　　　　　　　　　——《万叶集》

　　摘草是对相逢的预祝，也有一种与相思之人相互感念的行为。

　　这种表达方式不仅在《诗经》，还在《万叶集》中变成定式化。白川静认为，在古时的中国和日本，相爱者之间相信用这种象征性的行为，会彼此产生共鸣。

　　白川静在《诗经的世界》序言中表达写书的期待："旨在使得向来伴随着疏隔解释的《诗经》，起码与我们接近了。我希望，为了让读者将《诗经》与日本的《万叶集》一样深入领会，以恢复那个诗性的世界，而把这本书献给不同领域的人，用作自由的研究探讨。"

　　在那个诗性的世界，自然是新鲜的，感情是鲜明的，爱恋和悲伤可以自由抒发，人们从封闭氏族的桎梏中解放出来，获得自由。

　　自然所具的神秘之力，震撼着人的灵魂，充实着人的生命力。

　　如蕨一般，更多《诗经》中古老的美丽植物，正等待你去发现。

物

语

桑林：童年记忆中最深的那一抹绿

◎ 桑

　　如果说《诗经》里有一种植物，深藏在众多中国孩子的童年记忆中，那一定是桑。

　　因为，养蚕。

　　每年春天，你总能在朋友圈看到有妈妈"求桑叶"的帖子。我儿子丁丁一年级时，有一次老师布置的家庭作业就是养蚕，还送蚕子。自幼喜爱昆虫的儿子，把同学们不要的蚕子都拿回来了，看上去只有小小的一张纸，但是当蚕养大后，食量惊人，每天找桑叶就成了当妈的一个艰巨任务。为了学生的需求，当时学校的一位副校长还动用私人关系，求得两大麻袋桑叶带到办公室，发给学生。

　　看着白白胖胖的蚕宝宝结茧，变成飞蛾，产卵。生命的循环就这样真实地呈现在孩子面前。

这些童年的记忆，慢慢沉淀，当我们成年之后，会成为温暖我们的美好记忆。

2022年，我给中山市三乡镇东华学校六年级的孩子讲桑。上完课，语文老师走上讲台跟我说："小时候，我就养过蚕，那时候为了让蚕卵早点孵化，还把它放在自己的胸口。那个时候，都是我爸……"话还没说完，她眼眶一红，眼泪几乎夺眶而出，接着说："我爸已经不在了。"我拍拍她的背。

"因为家住在镇上，没有桑树，爸爸骑着自行车过桥，跑到河对岸去采桑叶，一次次运回来。因为当时养得还不少，蚕长大后，需要的桑叶越来越多。这是他留给我不多的温情回忆之一。"这不多的温情，足以让一个孩子感受到中国父亲那沉默内敛的爱，在多年之后想起，仍为之动容。

我猜，没有哪一个国家的儿童像中国的孩子一样，会有这样一种共同的童年记忆——养蚕。为了养蚕，桑叶就成为中国孩子童年记忆中最深的那一抹绿。

对一个民族亦是如此。

那些在中华民族早年生命中出现的植物和动物，也在历史发展中滋养过我们，相互间的情感一直绵延到今天，滋养着后世。

桑之于中国人，就像狐狸之于小王子，他们彼此驯服，几千年。

《诗经》中描写桑树、采桑叶、摘桑葚、食桑葚的诗超过20篇，是《诗经》中出现篇数最多的植物。

桑树是中国最早栽培的树种之一，也是古时民宅附近最普遍的植物。5000年前，中国人已经开始植桑养蚕缫丝织绸。中国是桑蚕丝绸文化的发源地。之后，便有了丝绸之路。

物
语

另外一种古人常在家旁边栽种的树，是梓树。梓为百木之长，称为木王。前人栽树，后人乘凉。桑树用于养蚕，多为女子所劳作，故指代母亲；而梓树高大挺拔，故指父亲。

维桑与梓，必恭敬止。靡瞻匪父，靡依匪母。

——《小雅·小弁》

"房前屋后的桑树和梓林呀，我想起双亲心中充满恭敬；无时无刻不敬仰我的父亲，无时无刻不依恋我的母亲啊。"

《小雅·小弁》便用桑梓表达对父母的思念。桑梓之地，便是父母之邦，便是故乡。

桑树不仅可以养蚕，桑葚微甜可食，也可以酿酒；桑白皮自古即为名药，利水消肿；桑树皮可以制纸，谓之"桑皮纸"；桑材致密，古人常取之为弓，还可以做农具、器具。不知道还有哪种植物能够像桑树一样，和中国古人的日常生活产生如此多的联系？

正因为如此，中国古代视桑树为重要的经济生产指标，如孟子所说："五亩之宅，树之以桑，五十者可以衣帛矣。"

《诗经》里的桑，还承载着中国人各种情感和期盼。

十亩之间兮，桑者闲闲兮。行与子还兮。
十亩之外兮，桑者泄泄兮。行与子逝兮。

——《魏风·十亩之间》

这首《魏风·十亩之间》通过农家女子愉悦采桑的情景，描绘了一幅和睦温馨的桑园晚归图。观者看到桑林中男女老少悠然往来的场景，怦然心动，产生了与好友一起归隐的念头。

前人评这首诗"雅淡似陶"。在我看来，此说有所不公允，明明《诗经》在先，陶渊明在后，应该说"陶诗似《十亩之间》"才妥。"采菊东篱下，悠然见南山"的淡雅心境，该是从此而来才是。难怪顾随先生在《顾随讲〈诗经〉》一书中提到：

> 学问的最高标准是士君子，士君子就是温柔敦厚。表现这种温柔敦厚的、平凡的、伟大的诗，就是"三百篇"。吾国诗人中之最伟大者唯一陶渊明，他真是"士君子"，真是"温柔敦厚"。有天才写出华丽的诗来是不难的，而走平凡之路写温柔敦厚的诗是难乎其难的，往往十九不能免俗。

别的田园诗人都是写田园之美，陶渊明写田园是说农桑之事。而这"农桑之事"恰恰是《诗经》的主体内容。

顾随说，"三百篇"是幼稚的，陶渊明诗是成熟的。

幼稚不是贬义，恰恰说明《诗经》中有着如孩童般的天真和纯真，有着孩童的那份不做作和真诚。

孩子的世界就是他的生活、他的家人、他的朋友、他的衣食住行、他的喜怒哀乐。

这都是《诗经》的主题。

在中国这个农耕社会中，桑一直占据着重要的位置：桑野、桑园、桑林、桑树、桑枝、桑叶、桑根、桑葚，以及采桑、薪桑、条桑。

"蜎蜎者蠋，烝在桑野"（《豳风·东山》）是远征不归

物
语

的兵士们忧伤思归的心情。

"无谕我墙，无折我树桑"（《郑风·将仲子》）和"彼汾一方，言采其桑"（《魏风·汾沮洳》）是年轻女子对爱情的向往和追求。

"桑之未落，其叶沃若。于嗟鸠兮，无食桑葚"（《卫风·氓》）则是对负心男子的怨恨，对自我的反思。

"迨天之未阴雨，彻彼桑土，绸缪牖户"（《豳风·鸱鸮》）是语重心长的嘱托。

商周尚处在人类文明早期，人们对生殖繁衍没有科学的认识。先民从养蚕缫丝中观察卵、蚕、蛹、蛾生命的循环往复过程，认为蚕强大的生命力来源于吃桑叶，桑树采摘不败的生命力又源自土地。不仅桑树如此，各种庄稼植物也从土地中产生，人们赖以生存的采集业和种植业都与广袤的土地密切相关。先民相信土地的生殖功能可使万物获得生长，由对桑树等植物的敬畏出发，产生对土地的敬畏崇拜。

重桑的观念已深入商周民心，《礼记·月令》记载统治者下诏禁止砍伐桑树、过度采摘，除此之外后妃要举行"躬桑"之礼，示范天下。先民开始在桑和土地的结合体"桑林"中举行一些原始的祭祀求丰收的活动，桑林顺其自然成为祭祀求福等巫术、宗教、祭祀活动的场所。

从桑树崇拜——生命之树，到桑女形象，到桑女爱情，再到家园，桑的意象对后世文学影响深远。

自《诗经》后，采桑女更为妖娆明艳地活跃于诗人的笔下。

曹植《美女篇》："美女妖且闲，采桑歧路间。"汉乐府《陌上桑》："罗敷喜蚕桑，采桑城南隅。"晏殊《破阵子》："巧笑东邻女伴，采桑径里逢迎。"张仲素《春闺思》："袅袅城边柳，青青陌上桑。提笼忘采叶，昨夜梦渔阳。"

陶渊明也写桑，"狗吠深巷中，鸡鸣桑树颠""代耕本非望，所业在田桑"。

桑树成为田园生活的标志。

顾随先生在《论陶渊明》一文中，继续表达自己对陶渊明的喜爱。

"中国第一个写田园的诗人当推陶渊明。这一方面是革新，另一方面是复古。"这复的就是《诗经》的古。

"古今中外之诗人所以能震古烁今流传不朽，多以其伟大，而陶之流传不朽，不以其伟大，而以其平凡。他的生活就是诗，也许这就是他的伟大处。"

他的生活就是诗。多好的境界！

这让我想起了中山旗溪生活农场的标语：我们的生活方式，就是我们最好的产品。

与同样写田园诗的储光羲、王维、韦应物等人不同，许多文人只是旁观者。顾随先生说："一种旁观是冷酷的裁判，一种是热烈的欣赏。前者是要发现人类的罪恶，后者是要证明人类的美德；前者对黑暗，后者对光明。又一种是如实的记录。"

"晨兴理荒秽，带月荷锄归"的陶渊明不同。他写自己本身经验，不只是技能上的、身体上的，还是心灵上的。陶渊明的田园诗是本之心灵经验写出其最高理想。

田园带给人的价值，不仅是生产粮食，还有生态保育、日常生活和生命成长。这也是旗溪生活农场所倡导的土地的四生价值：生产、生态、生活、生命。

物语

我特别喜欢中山三乡东华学校的校训：田园融入教育，生命自觉成长。

对于中国人而言，田园不仅是田园，还是家园，更是中华文化的精神之源。中国人，本就栖于桑林之中。

微信扫码

○ 本书配套视频
○ 《诗经》导读
○ 智慧金句讲解
○ 古典文学鉴赏

◎ 雎鸠鸟

雎鸠和荇菜：

找回自己和自然的连接

◎ 荇菜

◎ 东方大苇莺

关关雎鸠，在河之洲。窈窕淑女，君子好逑。

参差荇菜，左右流之。窈窕淑女，寤寐求之。

——《周南·关雎》

关关和鸣的雎鸠，相伴在河中的小洲。

那美丽贤淑的女子，是君子的好配偶。

当这首流传千年的诗被传唱时，你会否思考片刻？

这雎鸠鸟，到底是什么鸟？这荇菜花，到底长什么样？

《周南·关雎》是中国古代第一部诗歌总集《诗经》中的第一首诗。

四月，中山旗溪的清晨，农场竹林传来"kue，kue，kue"的鸟叫声，持续好几分钟。这一定是那只曾经生活在祠堂前水塘边的白胸苦恶鸟，因为芦苇被人清理干净，它移居到了竹林边，发出"苦啊，苦啊"的呼声。

四月的江苏赣榆，在江河湖沼的芦苇荡中，一群群东方大苇莺从南方飞来，发出"呱呱唧唧"的鸣叫声，准备在此筑巢。为了吸引雌鸟，雄鸟放声高歌。待到成双成对后，它们便双双选定巢址，用苇蒲等植物的枝叶做成深碗形鸟巢。当雌鸟抱孵期间，雄鸟终日狂鸣，守护另一半，直到窝里的雏鸟会飞为止。

四月的中山崖口，有着尖锐的鹰钩嘴、体背暗褐色的鹗，盘旋在鱼塘村落的上空，见水面有鱼，立刻俯冲而来，用爪子抓掠，叼着鱼到附近的小岛上啄食。它们的巢穴也安顿在海岸和岛礁之上。属于猛禽的鹗很少鸣叫，偶尔会发出"kai，kai，kai"的鸣声。

有15年野外摄影经验的自然摄影师张华，在其《诗经中的鸟》

一书中依据鸟的声音和习性认定白胸苦恶鸟为"雎鸠"。从事农业研究40多年的高级农艺师胡淼,在其《〈诗经〉的科学解释》一书中,同样依据鸟的叫声习性,认为雎鸠鸟是东方大苇莺。

而在中国各类主要的《诗经》注疏书籍中,大家普遍认为雎鸠鸟是鹗。《埤雅》作者陆佃认为"雎鸠,雕类,江东呼之为'鹗'"。明代医药学家李时珍估计也是采用陆老先生的判断认为,关雎就是鹗,俗称鱼鹰。"盖关雎和而挚,别而通习水,又善捕鱼,故《诗》以为后妃之比。"

雎鸠到底是什么鸟?

这个问题,自我开始接触观鸟时就萦绕在我的脑海中。

早年间,喜欢观鸟,人称鸟叔的丁爸在中山南朗拍摄到一只抓鱼的鹗。我见了后第一反应就是,这一定不是雎鸠鸟,因为浪漫的先民在写这么美好的爱情诗时怎么会选用一只如此丑陋的猛禽来起兴?

而东方大苇莺则身材苗条,外形小巧,很符合窈窕淑女的感觉。我笃定地把票投给了后者。

这几年,反复研读《诗经》,更深入地了解自然,我改变主意了。

在《诗经》的开篇之作中,除了雎鸠鸟,还有一种自然意象——荇菜。淑女采荇菜,从"流之"到"采之"到"芼之"。

胡淼解释说:"生于淡水湖泊的荇菜,春季植株刚浮出水面,又小又嫩,女子顺着水流捞取即可;夏季长大,覆盖了水面,需要用力才能采摘,故曰'采';夏末,荇菜老了,要认真挑选,故曰'芼之'。"从采摘荇菜的动作,可以看到这"求"的过程并不是短暂的,是经历一番上下求索。

2022 年暑假，我们带孩子们去云南大理游学，在洱海边游玩。同去的自然观察老师水墨突然发现，水中的植物很像荇菜。果不其然，那小小的鹅黄色花朵，在洱海蓝色的水面上摇曳，荡漾开去，不似牡丹艳丽，也不似荷花一样张扬，但配着洱海的水色和天色，美极了。

如果说开着朴素鹅黄小花的荇菜象征着美好的窈窕淑女，那河洲之上的雎鸠鸟，为何不能象征着男士？象征一种俯冲捕鱼的力量之美？或者象征着爱情应有的一种精神？

是的，这种精神叫挚而有别。

有一部纪录片记录了鹗的故事。鹗在非洲过冬，但雌雄鹗相隔两地，生活在非洲不同的地方。一朝结为连理，终身为伴侣。春天，它们从各自栖息的地方飞回旧巢，一起整修，一起繁殖下一代。当雌鹗在照顾鱼鹰宝宝时，雄鹗将持续为家人觅食。

古人，一定对这种鸟有深入的观察，才能总结出"挚而有别"这四个字。而雌鸟和雄鸟相互独立，婚后各有各的空间，这不正是现代婚姻所倡导的独立？不正是舒婷在《致橡树》中所向往的木棉精神吗？

> 我们分担寒潮、风雷、霹雳；
> 我们共享雾霭、流岚、虹霓。
> 仿佛永远分离，
> 却又终身相依。

从这个角度来看，我愿意相信雎鸠鸟就是鱼鹰。

如此说来，《关雎》可谓中国最早倡导婚姻平等、女性独立的诗。孔老夫子在整理时将《关雎》作为《诗经》开篇第一首，太有深意了。

不过，在《顾随讲〈诗经〉》一书中，老先生认为，无论是"关关雎鸠"，还是"参差荇菜"都只是"兴"，凑韵而已。

也许，这就是古人随眼所见，并无深意，你们这群人想多了。

但当我在追寻《关雎》中的自然意象时，我并不同意顾随先生的"凑韵"之说。

《关雎》从"关关"的声音开始，从听觉开始，而非人类主导感觉——视觉。要知道人类获取的信息70%-80%来自视觉。

看，是从自己的眼光出发，看外在的世界；听，是从外在的声音出发，回到内在世界。

从雎鸠鸟和鸣之声，唤起了君子内在的求思。

看，是一种能力，而听，是一种美德。

听的繁体字"聽"，和"德"右边完全相同，这不仅是巧合。这是古人造字对人性的表达：能够聆听，是德行所在。从听万物，到听自己。

视而不见，听而不闻，则是一种麻木不仁。

好吧，关雎真正是什么鸟可能并不重要，重要的是通过追寻和探秘，我们能理解中国古人和自然的那份连接，我们能够找回我们自己和自然的连接。

正如顾随先生所说："不了解古人是辜负古人，只了解古人是辜负了自己，必要在了解之后还有一番生发。"

香蒲：有肉感的美人

◎ 香蒲

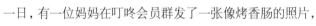

　　一日，有一位妈妈在叮咚会员群发了一张像烤香肠的照片，问："这是啥植物？好坑小朋友。"

　　"烤肉串！"

　　"烤肠！"

　　"菖蒲。"

　　"香蒲。"

　　"确定不是烤肠吗？"

　　　彼泽之陂，有蒲与荷。有美一人，伤如之何？寤寐无为，涕泗滂沱。

——《陈风·泽陂》

这种看着让人胃口大开的"食物"名为"香蒲"，就是这首《陈风·泽陂》中有"蒲与荷"中的"蒲"。

香蒲是湿地的重要指标植物，各地池塘、河边均可见之。果实细小，基部附有长毛，会随风飘散，常在沼泽地带成片生长，极具观赏价值。

爱观鸟的鸟叔极其喜欢这种植物，因为黄苇鳽总是在香蒲丛中繁衍生存。崖口集益寺前的藕塘中有一片香蒲丛，成为鸟友们经常蹲点之地。

香蒲花有毛茸，收集后可作为填充物，谓之"蒲绒"。花粉供药用，称为"蒲黄"，至今仍是一味常用的止血活血的中药。

周武王灭商后，将舜的后代胡公妫满封于陈，是为陈国之始。其地在今河南东部平原地区，都宛丘，今河南淮阳。此地曾发现大汶口文化遗迹和平粮台古城遗址。"陈风"便是记录陈国的风土人情，即淮阳一带的风土人情。

香蒲恰恰正是一道淮阳名菜——蒲菜，在《舌尖上的中国》出镜多次。香蒲白色茎部称为"蒲笋"，自古以来即供食用。腌制后即成《周礼》之"蒲菹"，为重要祭奠祀物。

每到春末夏初之时，便有大量鲜货开始上市，其色泽洁白，质地肥嫩香脆。

蒲菜最宜扒、烧、烩，也可用炒、焖、余、煮等烹调方法，既可单独成菜，如奶汤蒲菜、清汤蒲菜，又可与其他原料合烹，如鸡粥蒲菜、开洋扒蒲菜、香蒲狮子头等。

蒲菜又名"抗金菜"，还有一段令之名扬四海的故事：相传宋代巾帼英雄梁红玉在坚守淮安时，被金人围困，粮食断绝，许多士兵饿得浑身浮肿。就在这走投无路之时，将士们便在古城内到处寻找野生植物充饥。最后，士兵们在交通塔下发现了马在吃蒲菜，由此想到人也可以吃蒲菜的根茎。士兵吃了蒲菜之后，浮肿也不知不觉地消失了。

由于蒲菜在抗金战争中起到了特殊的作用，因此，人们也常常称蒲菜为"抗金菜"。

或许正是因为蒲菜和当地人日常生活密切相关，又或许正是这首思念恋人的《泽陂》塑造了香蒲这种植物在中国文人心中的意象。在后世诗歌中，诗人写到蒲菜，总是和吃有关，也总是和思念有关。

"赖得溪流通尺素，蒲根仍有一双鱼。"多亏还有溪流，香蒲下能"鱼传尺素"，思念不断。宋诗人范成大赠别友人时，如是说。

回到这首诗本身，特别好玩的是，诗中对于"美人"的描述——"硕大且卷""硕大且俨"。北京师范大学教授李山在《诗经析读》中解读为这个美人硕大，且有双下巴。

元代学者许谦在《诗集传名物钞》中说，这首诗"妇人思男子也"，言语间有些批判，可能是觉得"硕大"且有双下巴的"美人"不应该是"女子"的模样。

这位老先生多少有些迂腐，《诗经》年代对女人的审美，并不是以瘦为美，否则就不会有《卫风·硕人》描写美女的千古名句——

栖于桑林

手如柔荑，肤如凝脂，领如蝤蛴，齿如瓠犀，螓首蛾眉。巧笑倩兮，美目盼兮。

因此，李山在书中说陈地"妇人尊贵"。这种"尊贵"当然会体现在身体的自由上，不会为了取悦男人而瘦身、吃减肥药，有双下巴也是一种美。

　　走笔至此，我不得不佩服古人对自然意象取用的准确。有"双下巴"的美女，用像"烤香肠"的香蒲来比兴，这是多么恰如其分，如换成其他的水生植物，如荇菜、芦苇，则没有这种肉感了。

物
语

◎艾

◎葛

葛：一草一木，皆能入诗

　　第一次读《诗经》，觉得书中的各种动植物名字古怪、生僻，还距离今天有三千年那么遥远。

　　其实，古人吟咏的，都是息息相关的身边事物。它们，依然活跃在我们的日常生活中，尤其是乡村生活中。

　　2021 年，我们举家搬到中山市五桂山南麓的一个小村——旗溪。村里有不少回归土地的年轻人和艺术家。隔壁邻居辛兰正好是琴友，为了带孩子，举家从广州搬到这里。

　　那日中午去辛兰家蹭饭。她煲了葛根汤："这汤正好合适你最近的状态，祛湿，可以多喝点。"

　　在广东十多年，我依然没有学会煲汤这一手家庭主妇必杀技。每个季节喝什么汤，广东人讲究得很。年轻的时候不在意，人到中年，才意识到一方水土养一方人，顺应大自然的节气，了解当地的饮食风俗，不仅是一门知识，更应该是生活本身。

而中国古人，很显然是专注生活本身，身边的一草一木，皆是生活，皆能入诗，皆有美感。

一边喝汤，我一边跟她分享《采葛》这首诗：

> 彼采葛兮，一日不见，如三月兮！
> 彼采萧兮，一日不见，如三秋兮！
> 彼采艾兮，一日不见，如三岁兮！
>
> ——《王风·采葛》

一想到三千年前这位女子采的"葛"就是我正在品味的、辛兰炖制的葛根汤，"你就感觉自己和三千年前的古人之间产生了连接，和这《诗经》也变得没有距离"，辛兰说出了我内心的感受。

"连接"这个词，在自然教育中非常重要。我们如何让孩子和大自然产生连接？让孩子和同龄人产生连接？让孩子和自我产生连接？

对于中国人而言，吃，无疑是一个绝佳的切入点。

葛，不仅可以吃，还可以用。茎皮纤维可做绳索，葛藤可编织各种筐、篮器具。中国新石器时代使用这种植物的纤维做纺织原料。陆游诗云："水风吹葛衣，草露湿芒履。"古时男耕女织，采葛应是女子日常生活中的一项劳作。

一位男子，想起心爱的女孩采葛的样子，一天不见，好像隔了三个月。

采葛为织布，采萧则为了祭祀。

物语

"彼采萧兮，一日不见，如三秋兮！"萧是牛尾蒿，可以做蔬菜，古人用来祭祀。在中国大部分地区都有生长，随处可见的一种植物。

和第一章相比，这一章的情感又更进一步，一天不见，好像隔了三个季度。

"彼采艾兮，一日不见，如三岁兮！"和普通的蒿不一样，艾草的叶面有灰白色短柔毛，白色腺点与小凸点，背面有灰白色蛛丝状密茸毛。

小时候，每逢端午节，家家户户都要悬挂艾草，以保佑家人的吉祥平安，孩子们还要洗艾水澡，吃艾饼。那个时候，不知道艾和蒿的区别，现在才知道小时候用的艾其实都是蒿。

艾其实也是一种蒿，但比普通的蒿更具药用价值，《孟子》有言："七年之病，求三年之艾。"艾草存放三年，药效才好。

从采葛到采萧，再到采艾，从三月到三秋，再到三岁。仅仅是两个字的区别，就将男子的思念一层层往上推。每次读到这首诗，我都在想，古代女子采葛、采萧和采艾一定是间隔越来越长，因此男子每每忆起不同的场景，时间的距离会大不一样。

一首好的诗篇，写的是日常生活，用的是普通词汇，却成为千古名篇，哪里需要用什么好词好句？

2022 年，我开始在中山一所随迁子女学校——三乡东华学校，给六年级学生讲《诗经》。如何拉近今天的孩子们和三千年前诗篇之间的距离？

虽然文字会变，事物的名字会变，但是，人类一生需要面对的情感问题亘古不变，这恰恰是《诗经》的内核——情感。诗教某种意义上而言，是一种情感教育。

那天，我准备给孩子们讲这首诗，在进入正题之前，我问了同学们一个问题："我们常说睹物思人，你看到什么东西会想起亲人或朋友？"课堂结束后，孩子们以此为题写了一篇作文。三分之一的文章记录逝去的亲人。一瓶旺仔牛奶、一包小熊饼干、一辆破旧的自行车、一听罐头、一株四叶草、一块蛋糕……都让这些孩子想到了远在家乡，曾经疼爱过自己的长辈。

这种思念的情感和《采葛》如出一辙。

《毛诗序》言："诗者，志之所之也。在心为志，发言为诗。情动于中而形于言，言之不足，故嗟叹之，嗟叹之不足，故咏歌之。咏歌之不足，不知手之舞之，足之蹈之也。"

书写是一种疗愈，当孩子们经由《采葛》这首诗唤起了内在的情感，"情动于中而形于言"，表达出来，对亲人的思念便得到了慰藉和升华。

物
语

◎ 蝉

蝉：
羽化的瞬间，
整个世界都安静了

四月秀葽，五月鸣蜩。

——《豳风·七月》

四月，一种叫远志的植物长穗了；五月，知了开始鸣叫。

《豳风·七月》这首《诗经》中典型的农事诗，是一幅农民四季活动的风情画。在这里，植物的生长和知了的鸣叫，代表着时间的流转。

"菀彼柳斯，鸣蜩嘒嘒。有漼者渊，萑苇淠淠。"垂柳如烟浓绿，枝头蝉儿鸣唱。河湾深不见底，芦苇苍苍茂密。《小雅·小弁》则用知了鸣唱来反衬自己被放逐的悲苦。

"如蜩如螗，如沸如羹。"百姓悲叹如蝉鸣，恰如落进沸水汤。在《大雅·荡》这首讽刺周厉王之作中，蝉鸣被用来形容暴政之下百姓的哀鸣。

"螓首蛾眉。巧笑倩兮，美目盼兮。"而《诗经》中题咏美人的"千古之祖"《卫风·硕人》，则用借用蝉（螓）的额头来形容美人的美丽方额。

蝉，是《诗经》中出现频率较多的一种昆虫，从古至今，蝉可能是乡村儿童夏日最深的记忆。

夏天是蝉的世界，走到野外，哪里都是它在引吭高歌。在白天的树林里，总能时不时看见一个个土褐色的蝉壳，也就是蝉蜕，一味常用的中药。

多年前的一个夏日清晨，我带着六岁的儿子丁丁去登山。

太阳刚刚升起，整个山道上没有其他人，只有鸟语和蝉鸣。想起了南朝诗人王籍《入若耶溪》中的千古名句，我便随口读来："蝉噪林逾静，鸟鸣山更幽。"

丁丁不解，我把意思告诉他。他沉默了半晌，聆听着蝉鸣尖锐的声音，反驳我："妈妈，不是'蝉噪林逾静'，是蝉噪林逾吵啊！"我笑答："嗯，对！这是你自己的理解。"年幼的丁丁尚不能理解幽思和离愁，当然无法理解大诗人用声响来衬托寂静，表达"此地动归念，长年悲倦游"的思归心情。

在投身自然教育行业之前，蝉仅仅是记忆中幼年的玩物，直到有一天，学校邀请鸟兽虫木的自然导师小宇来分享。他播放了蝉羽化的视频，那一刻，我真的被惊艳了。那是我从来没见过的生命奇迹。

待到我从事自然教育，夜间观蝉，成为我们夏日最火爆的活动。

在中山，薄翅蝉的羽化最容易观察到。黄昏时节，大概晚

物
语

上 7 点多，薄翅蝉的幼虫从地下钻出来，朝着最近的树木前进，直到它找到一棵合适的树，开始往上爬，爬行一段后，停下来，等风干了全身的湿气，背部开始发生变化，神奇的一幕开始了：它的背部裂开一条缝，露出里面绿色的全新肢体。在身子的努力膨胀中，裂缝越来越大，直到头部完全露出来。然后是翅膀出来了，淡淡的蓝色，从上往下看如双手张开，身子几乎与树干呈 90 度直角。孩子们都很担心它因重力的作用会掉下来。

事实证明，这担心是多余的。它的蝉蜕牢牢抓住树干，新的成虫躯干上有几根白色的丝带与壳紧紧相连，类似婴儿的脐带，起到稳固的作用。

在这样仰吊了约十分钟，它突然发力，头部往上靠，双足紧紧抓住蝉蜕，尾部终于从蝉蜕中瞬间脱出来，整个身子彻底告别了往日的躯壳。

很快，当蝉的"血液"充满两翼的翅脉，蝉翼迅速张开。从选点停留到脱壳而出，舒展双翼，一只薄翅蝉的羽化时间需要 30-35 分钟。

当我近距离看到那透明的蝉翼，脑中立马蹦出一个词"薄如蝉翼"，也随即理解"金蝉脱壳"这个词的本义。

法国昆虫学家法布尔在《昆虫记》中记录了蝉的幼虫在地下生活的过程。蝉在羽化之前，要在地下待三年，美国有一种蝉在地下要生活十七年。

其实，蝉在地下也要经过四次蜕皮才能变成拟蛹。拟蛹从地下爬出来，攀爬草木，经过最后一回蜕皮，才能变成蝉，结束它漫长的黑暗生活。变成蝉后，它的生命通常只有四五个星期。在这短暂的生命里，尽管被世人厌烦，它也要放声高歌。

物

语

蝉虫羽化的过程给观蝉者诸多思索，比如印度著名诗人泰戈尔的这句名言：

> 黎明一定会到来，
>
> 黑暗终将逝去，
>
> 你的声音将注入金泉，
>
> 划破天空。

"为什么蝉羽化后，要第二天才飞走呢？"

"它要想想明天去找谁，去哪里玩啊！"

那些蹲守在树下等待蝉羽化的孩子会关心蝉的喜怒哀乐。

在羽化过程中，他们会用手放在近乎倒立的羽化蝉下面，以防它掉下来；当蝉成功羽化翻身振翅时，孩子们又会一起为之鼓掌。

有一句很流行的话是这么说的，教育的本质意味着一棵树摇动另一棵树，一朵云推动另一朵云，一个灵魂唤醒另一个灵魂。

用在这里，则是蝉用它羽化的生命过程，影响着一个又一个的生命。

蝉羽化后，靠吸食树的汁液为生，是古诗词曲中常见的意象。因其叫声凄惨，可表现凄楚哀婉之情；因其生活习性，可表现高洁自喻。

蝉栖居高枝，不衔草木筑巢；餐风饮露，吸天地自然之精气；高标孤处，无求少欲。在中国历代文人眼中，蝉成了高尚人格的象征。唐朝诗人虞世南曾经专门写过一首咏蝉的诗："垂绥饮清露，流响出疏桐。居高声自远，非是藉秋风。"作者正是借蝉来表达自己的观点：品格高洁者，不须借助外力，自能声名远播。

其实你知不知道，只有雄蝉才会鸣叫，它的腹部有发声器，但是它没有听觉，听不到自己的歌唱。雌蝉可以听到雄蝉的呼唤，但它永远无法发出自己的声音。

因此，有两句非常幽默的《咏蝉》小诗：

蝉啊，你的生活是多么幸福！
因为
你有一位不会开口的太太。

民国生物学家陶秉珍在《昆虫漫话》讲述蝉的故事中，引用了《埤雅》上对蝉名字的解释："谓其变蜕而禅，故曰蝉。"《康熙字典》里对"禅"字有这样的解释："音蝉。静也。"

我想，蝉在黑暗中漫长等待，才迎来光明，也恰似禅修吧。

物

语

蠕蛴：看到虫子，你会想起美人吗？

◎ 飞蛾

手如柔荑，肤如凝脂，领如蠕蛴，齿如瓠犀，螓首蛾眉。

巧笑倩兮，美目盼兮。

——《卫风·硕人》

这是古典美人的标准像。

"千古颂美人者，无出其右，是为绝唱。"清代学者姚际恒赞叹。

上面的诗译成现代汉语——

这个女子，

手指娇嫩白皙，像柔嫩的白芽；

肌肤嫩滑柔润得就像是凝固的油脂；

脖子像天牛幼虫般丰润白皙；

牙齿像瓠籽一样又白又齐；

宽大方正的额头，像蝉一样；

弯曲细长的眉毛，像飞蛾一般。

嫣然一笑动人心，秋波一转摄人魂。

读不懂的时候，我觉得这些词很高深。

读懂的时候，我却觉得这些词很匪夷所思。

有种"粗读美甚，细思恐极"之感——

柔荑，是指白芽。凝脂，即凝固的油脂。蝤蛴，就是天牛幼虫。瓠犀，葫芦籽。蓁，是指蝉。蛾，飞蛾。

这些比喻中，尤以"领如蝤蛴"最让人匪夷所思。天牛幼虫呈蠕虫状，半透明至乳白色，被法布尔称为"蠕动的小肠"，经常在腐朽的木头中看见它笨拙地挪动的身影，冷不丁，会被吓一跳，起一身鸡皮疙瘩。

这样一种虫子竟然会被古人用来形容美女的脖子，任我们如何脑洞大开都难以联想。

与希腊的《伊利亚特》《奥德赛》、巴比伦的《吉加美士史诗》、印度的《摩诃婆罗多》《罗摩衍那》等大多描写英雄人物且笼罩着宗教神秘色彩的长篇史诗相比，《诗经》几乎描写了世间万物，141篇492次提到动物，144篇505次提到植物，89篇235次提到各种自然现象。从这个意义上说，它就是一部别具一格的百科全书。

仔细品味《诗经》中涉及的各类昆虫、鸟类和植物，却又会觉得，这是何等正常——古人和自然如此贴近，因而没有今

物

语

人对于各类生物的审美偏见和价值评判。

什么美丑，什么害虫益虫，皆来自人类中心主义的立场和评价，古人通达，看到的往往是事物最本质的特点和联系。

如果能够理解这一点，我们就会意识到，用白而肥美的天牛幼虫来比喻的女子，一定是高大、丰满、白皙、健康的美人。如此，才配称为"硕人"。

在这些自然生物中，大概只有"蛾眉"最容易让后世读者联想到"美人"。

《诗经》时代始，蛾眉飞入中国文学史，牵扯出万种风情。

唐代诗人温庭筠词："懒起画蛾眉，弄妆梳洗迟。"

个人觉得李白《怨情》诗最好："美人卷珠帘，深坐颦蛾眉。但见泪痕湿，不知心恨谁。"

《韵会》中载："蛾似黄蝶而小，其眉句曲如画。"

由此可见古人的格物功夫。借蛾眉状美人之眉，实在惟妙惟肖。

据说在以胖为美的唐朝，女子画的蛾眉就是如此：粗、短而阔。

后来，眉毛才越画越细，到了《红楼梦》，林黛玉是隐隐约约似有若无的柳叶眉。如有人考证一下蛾眉浓淡的变化与传统审美的关系，一定很有趣。

飞蛾的"蛾眉"通常是羽毛状和栉齿状，还有一些蛾类的触角为锯齿状、丝状等，这类触角不但弯曲细长，而且上面有一根根"羽丝"，颇似人类眉毛上的一根根眉毛。

蛾类基本在夜间活动，因此觅食、求偶、交配和产卵等行为主要依靠嗅觉。嗅觉器官就长在这触角上。蛾类触角上有很多嗅觉感受器，能感受化学物质分子的刺激。有些种类的雄蛾能够感受到千米之外雌蛾分泌的性信息素。

蛾类性成熟后，一般是雌蛾散发求偶的性信息素，但凡有一点点儿挥散在空气中，上百米之外的雄蛾都能感受到，并会沿着性信息素的气味找到雌蛾，释放雄性信息素来诱导雌蛾采取交尾行为。雄蛾释放性信息素能回应同种雌蛾的招引，还能扰乱和排斥周围其他同种雄蛾前来交配。

奇怪的是，同为鳞翅目昆虫，舞姿优美灵动的蝴蝶，却未能入《诗经》的法眼，没有任何关于蝴蝶的描述。

昆虫学博士杨红珍在《〈诗经〉中昆虫意象的分类与分析》中认为，原因就在于《诗经》记载的昆虫几乎都与农事有关，而蝴蝶对原始农业的影响微乎其微。

她认为，先秦农耕经济的独特结构，使先民在长期的生产实践中认识到农业生产与大自然的紧密联系，并认为昆虫正常的存在和繁殖并不会影响到农业的丰歉，除非是像蝗虫非正常地、大量地出现危及庄稼，才会破坏这种天、地、人之间的和谐。古代农业中所面临的害虫不少，人们也基本上可以找到相应的防治办法，因而《诗经》对农业害虫是描述得比较多的。比如说《硕人》这首诗中的"螓蛴"，即为农业害虫。

蝴蝶在春天出现，飞舞于花间，不像蜜蜂那样带来副产品供人类食用，在物质条件极为简陋的先秦时代，它就是无用的。与农业生产的疏离才是导致《诗经》中没有蝴蝶的原因。除《诗经》以外，《说文》《尔雅》《史记》也都鲜有蝴蝶的记载，连汉赋这类善于比兴的作品中都没有蝴蝶。

好在中国先贤中还有庄子。

"人皆知有用之用，而莫知无用之用也。"

无用，是不为物役的灵魂自由。

在《诗经》之外，"庄周梦蝶"将自由而无用的蝴蝶带进了中国文学史。

直到《乐府诗集》中的《蜨蝶行》才又有了"蝶"的身影，"蜨蝶之遨游东园，奈何卒逢三月养子燕，接我苜蓿间"。自由无用的蝴蝶被燕子劫走，人间的悲剧由翩翩蜨蝶来倾诉。

再到唐宋时期，蝴蝶才真正迎来了诗词里的春天，才有了众多和蝴蝶有关的脍炙人口诗句。

唐代诗人杜甫："酒债寻常行处有，人生七十古来稀。穿花蛱蝶深深见，点水蜻蜓款款飞。"

宋代诗人杨万里："篱落疏疏一径深，树头花落未成阴。儿童急走追黄蝶，飞入菜花无处寻。"

不管是《诗经》中的飞蛾，还是《庄子》中的蝴蝶，中国传统文学经典中的昆虫意象，展现古人浸润于自然的体察，对后世昆虫的文学性格起到了奠基作用。

桐：琴与道的载体

作为全球首批世界地质公园，丹霞山是不少广东人必去的网红景点。

2017 年 5 月，参加广东省环境保护宣传教育中心主办的广东省环境教育"种子计划"，我有机会一睹丹霞地貌，而留下深刻印象的是一种植物。

初夏的丹霞山，绿意盎然，色彩缤纷，白色的野百合星星点点盛开在红色的砂砾岩石上，如翩翩起舞的白衣少女；开着黄色绒球花的台湾相思在山路旁盛开；凤仙花、金丝桃、夹竹桃、金鸡菊等点缀在一片绿色中。

在各种盛开的野花中，最为独特的则是那高山上如紫色祥云的丹霞梧桐——国家珍稀濒危植物和二级重点保护野生植物，仅在拥有丹霞地貌的丹霞山和南雄市全安镇苍石寨生长。

物

语

1928年，获美国哥伦比亚大学地质学硕士学位的中国矿床学家、中国著名哲学家冯友兰的弟弟冯景兰，在丹霞山发现了6500万-165万年前的红色砂砾岩层，并将之命名为丹霞层。

这一独特的地理环境孕育出了丹霞特有的物种，如丹霞堇菜、丹霞小花苣苔、丹霞兰以及丹霞梧桐等。

1987年，中国植物学家徐祥浩、丘华兴、徐颂军在丹霞山发现中国梧桐科植物的新种，将其命名为丹霞梧桐。每年5-6月，丹霞梧桐开出紫色小花，在山花绿树中显得格外梦幻。

丹霞梧桐是木兰纲、梧桐科、梧桐属的植物。

梧桐，是传说中的凤凰栖息之树，英文名为Phoenix Tree。

"凤皇鸣矣，于彼高冈。梧桐生矣，于彼朝阳。菶菶萋萋，雍雍喈喈。"凤凰在那边高冈上鸣叫，梧桐迎着朝阳，枝叶郁郁葱葱，凤凰鸣声悠扬。《大雅·卷阿》中用凤凰和梧桐来比拟君臣相随的场景，歌颂周王的功德。

湛湛露斯，匪阳不晞。厌厌夜饮，不醉无归。

……

其桐其椅，其实离离。岂弟君子，莫不令仪。

高大山桐子和梧桐，结了丰硕的果实，那宽厚的君子，仪容上佳。描写秋夜"天子宴诸侯"之场景的《小雅·湛露》，用"其桐其椅"点出了时间和环境，"匪阳不晞"寂静而祥和的夜景反衬了君臣不醉不归的热闹。

梧桐，不仅有美好的寓意，它还是制作古琴的绝佳木材。"定之方中，作于楚宫。揆之以日，作于楚室。树之榛栗，椅桐梓漆，除了象征着品格高洁，梧桐亦是爱情忠贞的代表。传说梧是雄树，桐是雌树，梧桐同长同老，同生同死。因此，梧桐这个意象，在中国古诗中常常被用来表达孤独和思念。

爰伐琴瑟。"(《鄘风·定之方中》）

为了吸引凤凰，也为了制作琴瑟，卫文公在建造宫室宗庙时，不仅会考虑风水方位，还会考虑栽种的树木。古代在宫殿庙宇建筑旁须植名木，而楚丘宫庙等处种植了"榛栗"，这两种树的果实可供祭祀；还种植了"椅桐梓漆"，这四种树成材后都是制作琴瑟的好材料。

大兴土木之际，不仅考虑人文景观，也考虑自然景观，处处彰显那个年代人与自然之间的和谐关系。

而栽种"椅桐梓漆"之时，已经描摹了一幅"鼓瑟鼓琴，和乐且湛"的君臣宴乐嘉宾场景，可谓对将来深谋远虑与充满自信，非苟且偷安者可比。褒美之意溢于言表。

"诗三百"，孔子皆弦而歌之。这"弦"，讲的就是古琴。

古琴，又称瑶琴、玉琴、七弦琴，是中国传统拨弦乐器，有三千年以上历史。古籍记载伏羲做琴，又有神农做琴、黄帝造琴、唐尧造琴等传说；舜定琴为五弦，文王增一弦，武王伐纣又增一弦为七弦。

然而，在这样的描述之下，古琴终归是距离我们如此遥远的。

十多年前，我还在复旦大学求学，从一名德国留学生处第一次见到中国传统乐器古琴，甚为汗颜。

2014年，我有机会学古琴，渐渐对这一中国文化中较重要的器乐有了更多了解。

《新论·琴道》载："昔神农氏始削桐为琴。"制琴以教天下之万民，五千年来一脉相承，取桐木为琴面，以桐之柔配琴之阳，取梓木为琴底，以梓之刚配琴之阴，阴阳相合，琴体乃成，始得刚柔相济之音。

"丝桐"一度成为琴之别号。我曾在古琴老师刘汉卿处见到一床青桐琴，第一眼就爱上它。此后，我对青桐这种植物便心怀向往，盼望能一睹庐山真面目。

有一年，和鸟叔回湖南老家，按照家里的风俗去梦龙殿上香。在殿门前看到有一株碗口粗的树，树形优美，树皮青色，表面光滑，在树林里最有神韵，让我想起了《白蛇传》中的小青。我立刻被它吸引，上前仔细观察。

在地上捡到了它的种子，也非常独特，球形的梧桐子大小如黄豆，藏在狭长的果荚中。成熟的果荚裂开，像一个勺子，果实还挂在"勺子"中，所以有些地方称之为"调羹果"。秋风起后，随风落下。这不就是我童年经常吃的山间野果吗？这到底是什么树？求教专家方知，这竟然是青桐！是我一直寻寻觅觅的青桐！竟然是我儿时的旧友！就像是失散多年的童年旧友，突然在街头重逢。

那一刻，我觉得我和青桐、古琴有了更深的联结。

不过，如今在淘宝和琴行售卖的桐木琴大多不是青桐所制，乃泡桐所造。泡桐也属于常见树种。春天的湖南，白色的泡桐花、金色的油菜花，是乡村的主要景致。

当年，焦裕禄带领兰考县群众在沙丘上大种泡桐树，如今，成林的泡桐挺拔在豫东平原上，被当地人亲切地称为"兰桐"。但泡桐不属于梧桐科，而是玄参科。

梧桐浑身是宝，木材轻软，为制木匣和乐器的良材；种子炒熟可食或榨油，口服有良好的消肿作用；树皮纤维洁白，可用以造纸和编绳；叶做土农药，可杀灭蚜虫，对二氧化硫、氯气等有毒气体有较强的抵抗性。

物
语

而更容易被混淆的是法国梧桐。法国梧桐的学名叫二球悬铃木，属于悬铃木科，叶子似梧桐。17世纪，在英国牛津，人们用一球悬铃木和三球悬铃木做亲本，杂交成二球悬铃木。在欧洲广泛栽培后，法国人把它带到上海，栽在上海霞飞路（今淮海中路一带），又带到南京，人们就叫它"法国梧桐"。中国梧桐这一传统的中国树种，这一具有中国文化意象的重要树种，因为"法国梧桐"的盛名而渐渐被人遗忘。

师从清代著名琴人叶诗梦的荷兰汉学家高罗佩在其《琴道》一书中说："古琴的音质取决于所使用的木材品质。在木料方面，桐木和梓木是最好的选择。"这里所说的桐木定然是青桐而非泡桐，亦非法国梧桐。

用来做琴的，除了泡桐和青桐，还有杉木。扬州潇湘琴坊的青年斫琴师占安良如此评价三种不同材质的琴："泡桐琴音色发飘，偏燥；杉木琴苍古厚重沉稳；青桐琴细腻干净温和有力量。"不过，青桐生长缓慢，好的桐木自古难求。

中国四大名琴中，司马相如弹奏《凤求凰》，赢得卓文君芳心的绿绮琴，以及东汉著名文学家、音乐家蔡邕于烈火中抢救出一段木材斫制的焦尾琴，都确认是青桐琴。而中国现存最古老的千年唐琴"九霄环佩"，亦是青桐琴。

除了象征着品格高洁，梧桐亦是爱情忠贞的代表。传说梧是雄树，桐是雌树，梧桐同长同老，同生同死，因此，梧桐这个意象，在中国古诗中常常被用来表达孤独和思念。

"梧桐一叶落，天下尽知秋。"

《梧叶舞秋风》是清代重要琴曲之一。乐曲通过写秋风萧索、梧叶凋零之景，抒发对世态炎凉的感怀。全曲旋律细致曲

折，疏密呼应，盖写秋意萧飒，静听桐叶摇落之意。乐曲虽短，但余味无穷。

梧桐寄托着诗人悲秋的哀思——

无言独上西楼，月如钩。寂寞梧桐深院锁清秋。剪不断，理还乱，是离愁，别是一番滋味在心头。

——李煜《相见欢》

守着窗儿，独自怎生得黑！梧桐更兼细雨，到黄昏，点点滴滴。这次第，怎一个愁字了得！

——李清照《声声慢》

缺月挂疏桐，漏断人初静。谁见幽人独往来，缥缈孤鸿影。惊起却回头，有恨无人省。拣尽寒枝不肯栖，寂寞沙洲冷。

——苏轼《卜算子》

一点残红欲尽时。乍凉秋气满屏帏。梧桐叶上三更雨，叶叶声声是别离。

——周紫芝《鹧鸪天》

如此孤独，如此哀婉。

自古以来，梧桐都是寂寞的，一如丹霞山上的丹霞梧桐，寂寞地开在这红岩绝壁上。

梧桐亦是高洁的，纵然寂寞，依然挺立如初，等待着知音——凤凰的到来，等待知音的雕琢。唐代戴叔伦在《梧桐》一诗中写道："亭亭南轩外，贞干修且直。广叶结青阴，繁花连素色。天资韶雅性，不愧知音识。"

梧桐花小小的，开花时隐藏在树叶中，安安静静，不事张扬，含蓄且克制。丹霞梧桐比一般的青桐花多了一点神韵，就是那一抹淡淡的紫色，那一抹如霞光般淡淡的韵味。

是知音，才能从山林中一眼觅得倩影；是知音，才能听懂古琴声中流露的深情；是知音，才能穿越千年去揣摩和低吟。

微信扫码

○ 本书配套视频
○ 《诗经》导读
○ 智慧金句讲解
○ 古典文学鉴赏

蜉蝣：朝生暮死，为爱而活

◎ 蜉蝣

如果你的生命只剩下 24 小时，你会去哪里？会做什么？为什么？

这是我在中山三乡东华学校六年级讲《曹风·蜉蝣》时，问孩子们的问题。

> 蜉蝣之羽，衣裳楚楚。心之忧矣，于我归处。
> 蜉蝣之翼，采采衣服。心之忧矣，于我归息。
> 蜉蝣掘阅，麻衣如雪。心之忧矣，于我归说。
>
> ——《曹风·蜉蝣》

蜉蝣起源于石炭纪，距今至少已有两亿年的历史，比恐龙还早了一亿年，是最原始的有翅昆虫。

栖于桑林

52

同时，它也可能是世界上最短命的昆虫。

蜉蝣一生经历四个时期：卵、稚虫、亚成虫和成虫。幼年时期，称为稚虫，可生活在水中数星期至一年。而成虫不饮不食，寿命极短，只能存活数小时，多则几天，故有"朝生暮死"之说。

英国"自然纪录片之父"大卫·爱登堡曾经拍摄过蜉蝣的一生。

蜉蝣，英文名叫"mayfly"，意思是5月的昆虫，属于夏季。

每年夏季，也是蜉蝣在匈牙利蒂萨河"盛开"的季节。

当日照时间和河流温度恰到好处时，数以百万计的长尾蜉蝣似乎是瞬间出现于河面之上，整个场景相当壮观。

这些蜉蝣稚虫在河床上不断觅食，似乎就是在为这一刻积蓄能量。经历10-50次的蜕皮才能变成亚成虫，拥有翅膀，飞离水面。

雄性亚成虫首先开始活动。借助新翅膀，它们可以飞到河岸，进行最后一次蜕皮。发育成熟的雄性蜉蝣只有一个目的——寻找异性。

当雌性蜉蝣浮出水面，雄性就在水面上盘旋，寻找自己的配偶，争先恐后地让雌性受精，因为每只雄性蜉蝣的寿命只有三小时。蜉蝣的成虫没有嘴，它们的消化道里面胀满了空气，肠道形成一个封闭的气球，使其能轻易浮出水面，飞行起来也异常轻盈。目的是让它们更快、更方便地寻找到交配对象。这也是它们短命的原因。即使在广阔天地间，飞行得筋疲力尽、饥肠辘辘，它们也无法吃下任何食物。因为进食只会浪费它们寻找配偶、繁衍后代的时间。可以说，蜉蝣成虫完全蜕变成了一个移动的精巢或卵巢。

物
语

每只雌性出现后，都会遭受一番猛烈的追求。当雄性只剩下几分钟的生存时间，竞争变得越来越激烈。转眼之间，雄性的生命便走到了尽头，很快雄性全部一命呜呼，水面上漂浮着一层蜉蝣尸体。

但是雌性蜉蝣的旅程才刚刚开始，完成交配的它们开始飞向上游。这段旅程长达五公里，河流上空密密麻麻，大约有一千万只蜉蝣，飞舞在水面上，飞抵上游，待到雌性筋疲力尽，纷纷坠落在水面上，在撞击水面的那一瞬间，它释放出数千枚入卵，卵逐渐沉入水中漂向下游。因此每个受精卵抵达河床时，将回到父母出现的地点。蜉蝣首次出现后仅仅几个小时，这场生命的大爆发就结束了。

而生命的轮回就这样一年一年，周而复始。

蜉蝣稚虫在水中生活时还会以孑孓（蚊子的幼虫）为食，吸血、传播疾病的蚊子无疑是令人类感到最为头疼的生物，所以蜉蝣的存在对于人类来说还算是有益的。

而且，由于很多种蜉蝣对缺氧和酸性环境非常敏感，因此一个地区的蜉蝣数量可以作为衡量这个地区环境污染的标尺。北美和欧洲多地的酸雨曾杀死了蜉蝣栖息地的幼虫，使当地鱼群的数量也随之减少，因为蜉蝣幼虫是鱼群的主要食物。因此，蜉蝣的存在可以作为鉴定水体质量的重要标准。

蜉蝣的学名 Ephemeroptera，来源于希腊语 ephemeros，意思是"短暂的"。这种极不起眼的昆虫，恰恰凭借着其短暂的生命与渺小的个体成为中国古代文人笔下的常客。这种传统从《诗经》一直延续至后世。

人们看见蜉蝣，感念人类看似漫长，实则短暂的一生。

这首蜉蝣，是《诗经》之《曹风》首篇。《曹风》是曹国民间的诗歌。春秋时期的曹国是一个位于齐国和晋国之间较小的诸侯国，国力单薄，时常处于大国的威逼之下，而国君生活腐化，令当时的百姓悲观失望，忧惧伤感。曹国位于山东菏泽一带，湖泊众多，环境非常适宜蜉蝣生存，因此，曹国人很自然会用"蜉蝣"来表达居无定所、不知所归的心情。

蜉蝣的成虫拥有大大的眼睛与短细的触角，身体纤细，体态轻盈，背部长有一对不能折叠的透明翅膀，带有垂直和水平的纹理，在黑夜的灯光之下，熠熠生辉，美丽动人。它们在空中飞舞的姿态像在跳舞。亲眼见过这样的蜉蝣，你会认同古人之说"衣裳楚楚""采采衣服""麻衣如雪"。

然而，这么美丽的生命却如此短暂，让人感慨人生短促、生命无常。正如曹国人内心的苦痛——好景不长、年华易老。人生又何尝不似这朝生暮死的昆虫，昙花一现，浮生如梦。

寄蜉蝣于天地，渺沧海之一粟。

哀吾生之须臾，羡长江之无穷。

——苏轼《赤壁赋》

人生在世数蜉蝣，转眼乌头换白头。

百岁光阴能有几，一张假钞没来由。

——唐寅《无题》

物
语

无论是苏东坡怀古伤今的悲咽还是唐伯虎戏谑人生的达观，都是蜉蝣这种生命带给古人的触动。

人的生命，如一场烟花，绽放过，或绚烂，或暗淡，终将化为天地间的一粒尘埃，如同五月匈牙利蒂萨河上的"花朵"，我们能拥有的只有当下。

东华学校那对未来充满憧憬的孩子们，面对人生最后的 24 小时，他们的选择如此平常：

去爬一趟一直很想去的白云山。

去吃遍当地美味的小吃。

和朋友去出海。

畅快地打一次《王者荣耀》。

好好睡一觉。

去老家看爷爷奶奶。

帮爸爸妈妈再做一次家务。

和同学朋友一起拍一张合影。

流火：

七月悲苦，却带着力量

◎ 黑枕黄鹂

◎ 稻

◎ 豆

物　语

57

在第二季《中国诗词大会》第四场比赛"飞花令"环节，双方要轮流背出带"月"字的诗句。你来我往到第四轮时，正当评委和观众都为武亦姝捏一把汗时，她轻松背出"七月在野，八月在宇，九月在户，十月蟋蟀入我床下"，一连四个"月"字，语罢莞尔一笑，让多少人自愧弗如！

这首来自《诗经》的《豳风·七月》，也随着武亦姝获得总冠军而走红。

如果把《诗经》看成中国首部博物学辞典，要选一首涉及古代动植物最多的诗，那非《豳风·七月》莫属。

这首长诗是一首信息量非常大的农事诗，类似民歌中的四季调，描绘了周朝农民四季的活动，反映了一个部落一年四季的衣食住行、劳动祭祀等。

黄河流域孕育的中国文明是典型的农耕文明。中国以农业立国，几千年来延续的乡土生产、生活方式、风俗文化自成体系，维护着传统农业社会的有序运行，塑造着中国人不同于海洋文明的文化精神和民族性格。

中国人的文化精神和民族性格，从这首诗中可见一斑。这首诗共八章，每章十一句，共有28个"月"字，11个"日"字，充分展现了这首诗的第一个特点：强烈的时序感。

> 七月流火，九月授衣。一之日觱发，二之日栗烈。无衣无褐，何以卒岁？三之日于耜，四之日举趾。同我妇子，馌彼南亩，田畯至喜。
>
> ——《豳风·七月》第一章

"七月大火星向西落，九月妇女缝寒衣。十一月北风劲吹，十二月寒气袭人。没有好衣没厚衣，怎么度过这年底？正月开始修锄犁，二月下地去耕种。带着妻儿一同去，把饭送到南边地，田官赶来吃酒食。"

火，是指大火星（心宿二），每年夏历六月出现于正南方，位置最高，七月后逐渐偏西下沉，故称"流火"，指夏去秋来，寒天将至，天气转凉。然而，"七月流火"多年来却常被误用来形容暑热。因为秋天要来了，所以要开始缝制寒衣。"一之日觱发，二之日栗烈。"紧接着就写十一月的北风和十二月的寒气。"一之日"是周历的正月，也就是现在的十一月。

"无衣无褐，何以卒岁？"没有衣服，如何过冬？这一句反问，道出了耕种之人生活的苦厄。只有穷人才会担心没有饭吃，没有衣服穿。而权贵之人说的是："何不食肉糜？"

《七月》首章前半言衣，后半言食。"言食"从耕地开始讲起。过了寒冬，正月里又要马不停蹄地修理农具，下田耕种。"三之日于耜，四之日举趾。"

"田畯至喜"有的翻译解释为农官分发饭食，有的解释为农官吃酒食。李山在《讲给大家的诗经》中解释说，周朝时，到了春耕，王也要下地和百姓同耕同作，以示对农业的重视。此时，政府会提供给参加典礼的农夫们一顿免费的餐食。不管是哪种解释，耕地的都还是农民。

第二至第五章，扩展了第一章的前半部分——衣；第六章至第八章，则扩展了第一章的后半部分——食。这首诗的"总一分"结构非常严谨。

物语

七月流火，九月授衣。春日载阳，有鸣仓庚。女执懿筐，遵彼微行，爰求柔桑。春日迟迟，采蘩祁祁。女心伤悲，殆及公子同归。

——《豳风·七月》第二章

第二章是一幅采桑图：七月大火星向西落，九月妇女缝寒衣。春天阳光暖融融，黄鹂婉转唱着歌。姑娘提着深竹筐，一路沿着小道走，伸手采摘嫩桑叶。春来日子渐渐长，人来人往采白蒿。姑娘心中好伤悲，要随贵人嫁他乡。

春天来了，"有鸣仓庚"，仓庚即是黄鹂鸟，自《诗经》之后，黄鹂就成了春天的使者。宋代诗人曾几就有："绿阴不减来时路，添得黄鹂四五声。"

最近几年，在中山紫马岭公园都能见到迁徙过境的黄鹂。虽不是春天，但它鲜黄的羽色、嘹亮的鸣叫，实在是让人感受到黄河流域人们在春天见到它时的萌动和喜悦。女孩子采着桑叶，采着采着就开始伤心了。钱锺书先生说，这是伤春之词的祖先。

所伤何事？"殆及公子同归。"

有的文本解释为，担心被豳公子掳去而遭凌辱；有的文本解释为，身份低微的婢女要跟随女公子出嫁。不管公子是男是女，这位采桑女都无法选择自己的爱情，选择自己的伴侣，选择自己的命运。这如何能不令人悲伤？

七月流火，八月萑苇。蚕月条桑，取彼斧斨。以伐远

栖于桑林

扬，猗彼女桑。七月鸣鵙，八月载绩。载玄载黄，我朱孔阳，为公子裳。

——《豳风·七月》第三章

第三章是纺织图：七月大火星向西落，八月要把芦苇割。三月修剪桑树枝，取来锋利的斧头。砍掉高高长枝条，攀着细枝摘嫩桑。七月伯劳声声叫，八月开始把麻织。染丝有黑又有黄，我的红色更鲜亮，献给贵人做衣裳。

割芦苇用来做帘子托载蚕。之后要修剪桑树，多余的要砍了，歪斜的要扶持。

春天有黄鹂，夏天有伯劳。

"豳"是今天陕西省旬邑西一带。在这里，伯劳属于夏候鸟，每年七月飞来。古人日出而作，日入而息，根据自然时序来安排自己的生活，因此就有了二十四节气。

伯劳鸟叫了就该纺织了。

"载玄载黄，我朱孔阳"，我们用蚕丝纺织的线有黄的、红的，灿烂耀眼，可是却不是为我们自己织的，而是"为公子裳"。

这不就是唐代秦韬玉《贫女》一诗的故事主角吗？

"苦恨年年压金线，为他人作嫁衣裳。"

读完前三章，后面的几章结构和内容都非常相似，只要跨过了"文字障"（顾随语），打破了文字障碍，就能够明白后几章传递的内容和表达的情感。

第四章是狩猎图。

物
语

　　忙碌一年，劳动者到头来只能勉强果腹。中国人，尤其是中国农民，真难，但又真的老实，容易满足，容易感恩。真好，也真不好。

四月秀葽，五月鸣蜩。八月其获，十月陨蘀。一之日
于貉，取彼狐狸，为公子裘。二之日其同，载缵武功，言
私其豵，献豜于公。

四月远志结了籽，五月知了阵阵叫。八月田间收获忙，十
月树上叶子落。十一月上山猎貉，猎取狐狸皮毛好，送给贵人
做皮袄。十二月猎人会合，继续操练打猎功。打到小猪归自己，
猎到大猪献王公。

第五章是备冬图。

五月斯螽动股，六月莎鸡振羽。七月在野，八月在宇，
九月在户，十月蟋蟀入我床下。穹窒熏鼠，塞向墐户。嗟
我妇子，曰为改岁，入此室处。

五月蚱蜢弹腿叫，六月纺织娘振翅。七月蟋蟀在田野，八
月来到屋檐下，九月蟋蟀进门口，十月钻进我床下。堵塞鼠洞
熏老鼠，封好北窗糊门缝。干完活儿喊妻儿，岁末将过新年到，
迁入这屋把身安。

第六章是副业图。

六月食郁及薁，七月亨葵及菽。八月剥枣，十月获稻。
为此春酒，以介眉寿。七月食瓜，八月断壶，九月叔苴。
采茶薪樗，食我农夫。

六月食李和葡萄，七月煮葵又煮豆。八月开始打红枣，十

月下田收稻谷。酿成春酒美又香，为了主人求长寿。七月可吃瓜，八月到来摘葫芦，九月拾起秋麻子。采摘苦菜又砍柴，养活农夫把心安。

第七章是修屋图。

> 九月筑场圃，十月纳禾稼。黍稷重穋，禾麻菽麦。嗟我农夫，我稼既同，上入执宫功。昼尔于茅，宵尔索绹。亟其乘屋，其始播百谷。

九月修筑打谷场，十月庄稼收进仓。黍稷早稻和晚稻，还有粟麻豆麦。叹我农夫真辛苦，庄稼刚好收拾完，又为官家筑宫室。白天要去割茅草，夜里赶着搓绳索。赶紧上房修好屋，开春还得种百谷。

第八章是祝寿图。

> 二之日凿冰冲冲，三之日纳于凌阴。四之日其蚤，献羔祭韭。九月肃霜，十月涤场。朋酒斯飨，曰杀羔羊。跻彼公堂，称彼兕觥，万寿无疆！

腊月凿冰冲冲响，正月送往冰窖藏。二月开初祭祖先，献上韭菜和羊羔。九月寒来始降霜，十月清扫打谷场。两槽美酒敬宾客，宰杀羊羔大家尝。登上主人的庙堂，举杯共同敬主人，齐声高呼寿无疆。

每一篇开头都洋洋洒洒描写农事中的自然和工作，有植物，有昆虫，有鸟类；有丰收，有成就，有喜悦；有辛劳，有忙碌，

物
语

有艰苦；但是每一篇最后总有几个字让人读之心酸：殆及公子同归、为公子裳、为公子裘、献豜于公、食我农夫……忙碌一年，到头来劳动者自己只能勉强果腹，住陋室。

李山在点评这首诗的时候说："整首诗的格调就好像我们在舞场，踏着快节奏的步伐，嘣嚓嚓嘣嚓嚓地跳舞，有一种大韵律。这就是诗的大美，人在大自然中靠着劳作在起舞。"

《七月》的悲苦，却带着力量。

"天行健，君子以自强不息。"李山认为，这首诗表达了中国人在农耕中显示的自信、踏实、坚实之感。生活是艰辛的，但同时也是美好的。

相比之下，我认为顾随对于诗的解读，把中国人的人性看得更透——《七月》写出了中国民族之乐的天性。这是好还是不好，很难说。如天真是好，坦白是好，而天真是幼稚的，坦白是肤浅的，这样就不好了。中国人易于满足现实，这就是乐天。

千百年来，中国人，尤其是中国农民，真难，但是又真的老实，容易满足，容易感恩。

真好，也真不好。

桑寄生：

依附的生命是一种怎样的悲哀？

◎ 桑寄生

每年 9 月开始，在孙文公园和紫马岭公园很多桂花树上，总会迎来一种身长大约八厘米的小鸟，胸部具一朱红色块斑，就像戴了一块红色的围嘴。

这只叫作红胸啄花鸟的小鸟，会在桂花树上寻找一种浆果，大快朵颐。这种浆果的种子很特别，包裹着一层胶黏物质，啄花鸟便便的时候，会黏在鸟儿的臀部上，小鸟怎么都无法甩掉它，只能靠着树干蹭掉这些黏糊糊的东西。

神奇的事情就这样发生了。

树干上粘着的种子萌发时，长出吸盘，吸附到寄主桂花树的树枝上，摄取寄主之津髓，生根发芽，繁衍出新的一代。

这种依靠鸟儿传播种子的植物叫作桑寄生，和寄主桂花形成了寄生关系，和红胸啄花鸟形成共生关系。

物

语

当我开始观鸟，看到红胸啄花鸟扭着屁股在树干上蹭来蹭去的时候，有一种刷新三观的感觉——大自然真的无奇不有。桑寄生、桂花树和红胸啄花鸟，在芸芸自然生灵中就选中彼此，产生了一代代共同演化的故事。这到底是怎么做到的？

桑寄生最早寄生在桑树上。

在《诗经》年代，古人早已观察到这种寄生现象。

　　有颊者弁，实维伊何？尔酒既旨，尔肴既嘉。岂伊异人？兄弟匪他。茑与女萝，施于松柏。未见君子，忧心奕奕。既见君子，庶几说怿。

　　　　　　　　　　　　　　　　　——《小雅·颊弁》

"鹿皮礼帽真漂亮，为何将它戴头顶？你的酒浆都甘醇，你的肴馔是珍品。来的哪里有外人，都是兄弟非别人。茑草女萝蔓儿长，依附松柏悄攀援。未曾见到君子面，忧心忡忡神不安。如今见到君子面，荣幸相聚真喜欢。"

《小雅·颊弁》被认为是讽刺周幽王宴饮作乐的诗，是以一名阿谀奉承的赴宴者口吻叙述。在他眼中，这位请客之人是如松柏一样的高大树木，而自己则依附其身，如同桑寄生（茑），如同松萝（女萝），没有见到主人时心里忧愁不安，见到主人后心里则是欢欣异常。

宋代蔡元度在《毛诗名物解》中说："'茑与女萝，施于松柏'，'茑'之施于松柏，是比喻异姓亲戚必须依赖周天子的俸禄之意，如同'茑'之寄生；而'女萝之施于松柏'，则比喻同姓亲戚只须依附周王，因女萝是附生植物，自营生活，不像茑必须靠汲取寄主养分而存活。"

《说文解字注》说："茑，寄生草也。"三国吴学者陆玑在《毛诗草木鸟兽虫鱼疏》中也说："茑，一名寄生，叶似当卢，子如覆盆子。"台湾学者潘富俊在《美人如诗，草木如织——诗经植物图鉴》中确定此植物为桑寄生类。

在这首诗中，和桑寄生同类的松萝则属于附身植物，植物体基部固着在树木枝干上，其他部分亦附着其上，并未汲取树木养分，而是自己进行光合作用，和所着生的树木并未发生营养关系。

我曾经在四川卧龙大熊猫自然保护区的山林里看见过野生松萝。那是一片低矮的丛林，斑驳的树上长满了松萝，就像一个老者长长的胡须，为这片树林增添了古老而沧桑的感觉。松萝对空气有着严格的要求，被称为特殊的"环境污染指标"，这也是我们很难在空气质量差的城市看到松萝的原因。

《诗经》中还讲到一种寄生植物，那就是菟丝子。

爰采唐矣？沫之乡矣。云谁之思？美孟姜矣。期我乎桑中，要我乎上宫，送我乎淇之上矣。

——《鄘风·桑中》

到哪里去采菟丝子？要到沫邑的郊野啊。若问我心中惦念的是哪一位女子，她就是姜家美丽的大小姐啊。

菟丝子很常见，在中山的很多草丛、荒地、路旁都能见到，黄色的茎缠绕在其他植物上，四处蔓延，看上去就像意面成了精。

渴望见到心上人的这位男子，念念叨叨要去采菟丝子，这

物
语

又是为何？

原来菟丝子是纯天然的去黑美白化妆品。《神农本草经》将其列为上品，可以用来去除脸上的黑色素，亦为滋养型补药，"补不足，益气力""旧服明目，轻身延年"。

菟丝子的茎上生有寄生根，形状就像细小的吸盘。若接触到合适寄生的对象，这些根就会插入寄主体内。菟丝子本身没有叶子，只开花，只能依附其他植物进行光合作用。

大自然有万千物种，为什么这两种植物会成为寄生植物和寄主？

世界这么大，茫茫人海，为什么这两个人会遇见彼此，从相识、相知，再到相爱？

缠缠绵绵的菟丝子，让古人想到爱人之间缠绵悱恻的状态。

> 冉冉孤生竹，结根泰山阿。与君为新婚，菟丝附女萝。
> 菟丝生有时，夫妇会有宜。千里远结婚，悠悠隔山陂。
> 思君令人老，轩车来何迟。伤彼蕙兰花，含英扬光辉。
> 过时而不采，将随秋草萎。君亮执高节，贱妾亦何为？
>
> ——《古诗十九首·冉冉孤生竹》

《古诗十九首》中，菟丝和女萝两种缠绵的植物，相互牵绊。诗中的女子期盼着爱人的到来，心又忐忑，"过时而不采，将随秋草萎"，又自我安慰，"君亮执高节，贱妾亦何为"，然而，终归是一种依附的心态，如同《小雅·頍弁》中期待着主人到来的赴宴者。

"君为女萝草，妾作菟丝花。轻条不自引，为逐春风斜。

百丈托远松，缠绵成一家。"这样一首怨妇诗《古意》竟然是豪放的李白写的。得不到皇上和高官赏识的李白空叹才华无处施展，如同不得宠的女子，日日独守空闺，内心皆是孤苦寂寞。和陶渊明卓然独立、隐逸脱俗、适性逍遥的人格境界终究还是有差别。"安能摧眉折腰事权贵"的李白终归内心还是期待着入世和被当政者看见，而陶渊明"不为五斗米折腰"的精神是真正地融入自己的生活，"晨兴理荒秽，带月荷锄归"。

精神依附于他人，终归是无法寻得内在的安宁。

《小雅·颊弁》最后两句："如彼雨雪，先集维霰。死丧无日，无几相见。乐酒今夕，君子维宴。"

冰雪终究是会消融的，欢乐的宴会也终将和雪一样消融，周王室危难，快乐的时日不多，那就及时行乐，醉生梦死吧。

如此无奈、无助！

如此悲凉、悲叹！

满满的亡国之悲。

相比之下，我更喜欢唐代才子元稹写的《菟丝》。

人生莫依倚，依倚事不成。君看菟丝蔓，依倚榛与荆。荆榛易蒙密，百鸟撩乱鸣。下有狐兔穴，奔走亦纵横。……灵物本特达，不复相缠萦。缠萦竟何者，荆棘与飞茎。

人不能一直依靠别人，不自强，不努力，事事依赖别人，是成不了大事的。

写到这儿，我想起了另外一首诗：

我如果爱你——

绝不像攀援的凌霄花，

借你的高枝炫耀自己；

我如果爱你——

绝不学痴情的鸟儿，

为绿荫重复单调的歌曲；

也不只像泉源，

常年送来清凉的慰藉；

也不只像险峰，

增加你的高度，衬托你的威仪。

甚至日光。

甚至春雨。

不，这些都还不够！

我必须是你近旁的一株木棉，

作为树的形象和你站在一起。

根，紧握在地下，

叶，相触在云里。

每一阵风过，

我们都互相致意，

但没有人，

听懂我们的言语。

女人，可以收男人送的菟丝子礼物，但绝对不能像菟丝子一样生存。

蟋蟀：

听，一只蟋蟀在唱歌

"关关雎鸠，在河之洲。"

"呦呦鹿鸣，食野之苹。"

《诗经》之《国风》首篇和《小雅》首篇，皆由声音开始。风为鸟音"关关"，雅为鹿鸣"呦呦"。

还有"雝雝""将将""薄薄""坎坎""交交""籔籔"。

　　五月斯螽动股，六月莎鸡振羽。七月在野，八月在宇，
九月在户，十月蟋蟀入我床下。

——《豳风·七月》

你听，这里有螽斯鸣叫、纺织娘歌唱，还有蟋蟀在弹琴。

在梦和月色交界的窗口

把银晶晶的寂静奏得多好听

——余光中《蟋蟀吟》

听，寂寞在唱歌。

听，十公里之外。

一只蟋蟀在唱歌……

在中山南朗蒂峰山公园半山腰的路边土坡上，一只蟋蟀欢快的鸣唱深深吸引了我。循声觅去，这只蟋蟀是中山常见的黑脸油葫芦（南方蟋蟀一种），体形较大，鸣声清越，不绝如缕，却"比最单调的乐曲更单调，比最谐和的音响更谐和"（流沙河《就是那一只蟋蟀》）。

听它自顾自地埋首高歌，不由得想起《从百草园到三味书屋》："油蛉在这里低唱，蟋蟀们在这里弹琴……"

思绪也飘飘忽忽地来到了童年嬉戏的田野。

蟋蟀的吟唱，太易勾起我们这一代人的乡愁。

如余光中诗句："清脆又亲切，颤悠悠那一串音节，牵动孩时薄纱的记忆。"

"促织甚微细，哀音何动人。"（杜甫《促织》）蟋蟀，古人又叫促织。晋人崔豹的《古今注》"谓其声如急织也"，形容蟋蟀鸣唱如织布机的声音，时高时低，仿佛是在催促织女飞梭速织。

羁旅漂泊的杜甫，在哀哀切切的促织声中找到了共鸣。

"萧萧梧叶送寒声，江上秋风动客情。知有儿童挑促织，夜深篱落一灯明。"孤寂的宋代诗人叶绍翁亦如此。

夏天炎热，蟋蟀鸣声带些急切，待到寒露之夜，秋凉如水，慢悠悠的哀怨之声或就出来了。

然而，你若仔细听蒂峰山这只蟋蟀的鸣唱，似乎听不出多少哀怨来。不同的蟋蟀鸣唱其实有不同的节奏，而且鸣声与气温有密切关系，气温越高，叫声越响亮。

夏天炎热，蟋蟀鸣声带些急切，待到寒露之夜，秋凉如水，慢悠悠的哀怨之声或就出来了。所以古代文人甚是喜欢听秋虫。

在萧瑟秋风中，听虫儿浅吟低唱，或许完全是另一种心情。

只是忙碌于都市喧嚣的人们，有多少心情来听一只蟋蟀的清唱呢？

> 就是那一只蟋蟀
> 在你的记忆里唱歌
> 在我的记忆里唱歌
> 唱童年的惊喜
> 唱中年的寂寞
>
> ——流沙河《就是那一只蟋蟀》

除了螽斯，大概没有哪一只虫子像蟋蟀这样与我们的民间文化有这么深的勾连。

从"五月斯螽动股，六月莎鸡振羽。七月在野，八月在宇，九月在户，十月蟋蟀入我床下"，到"蟋蟀在堂，岁聿其莫。今我不乐，日月其除"，蟋蟀陪着周人，走过千年岁月。

现代诗歌中，除余光中的《蟋蟀吟》，脍炙人口的还有诗人流沙河与之应和的佳作《就是那一只蟋蟀》，曾成就两地诗坛一段佳话。诗很长，且摘抄一段如下，有兴趣的可找原诗一读。

就是那一只蟋蟀

在《豳风·七月》里唱过

在《唐风·蟋蟀》里唱过

在《古诗十九首》里唱过

在花木兰的织机旁唱过

在姜夔的词里唱过

劳人听过

思妇听过

就是那一只蟋蟀

在深山的驿道边唱过

在长城的烽台上唱过

在旅馆的天井中唱过

在战场的野草间唱过

孤客听过

伤兵听过

……

　　广东的秋冬之夜，若漫步山道边，除了蟋蟀，你还能听见路旁草丛中传来另一种响亮的"沙沙"或"轧织、轧织"的声音。胆小的会被吓一大跳。

　　很多小区灌丛中也时常能听到它们的叫声。有人以为是某种鸟叫。

　　"轧织、轧织"连续不断的声音，持续7-8秒，之后停顿

物
语

几乎相同的时间，然后又再次响起，如此循环，往复不绝。在后面几次声景中，是两只虫儿的二重唱，声音更为响亮。

因它们的叫声犹如织女在试纺车，发出"织，织……"的旋律，音高韵长，时轻时重，犹如纺车转动，故美其名曰"纺织娘"。

其实纺织娘能鸣叫的是雄性，并非"姑娘"。它们像一种大型螽斯，在昆虫纲直翅目中，纺织娘科与螽斯科并列，但种类并没有螽斯那么丰富。

其实说它们在"鸣叫"并不对，因为它们不是靠口器出音，而是左右翅的高速振动摩擦发出声音。

在南方，最常见的是棕色型纺织娘，偶尔可以见到绿色型的个体。它们体形在昆虫中称得上"硕大"，有普通人食指和中指那么长，5-7厘米。但性格其实是温驯的。只要循着声音，一般都能找到它们。

棕色型纺织娘翅膀酷似枯叶，常躲藏于颜色近似的枯枝败叶间，不仔细是很难找到的。而绿色型的个体则较为罕见，它们若藏在绿叶间，也不易被发现。它就是《豳风·七月》中的莎鸡。

不过，在南方的六月夏夜，人们不太能听到纺织娘的叫声。

而《诗经》中，"豳"同"邠"，是古都邑名，在今天的陕西旬邑西一带。

可能北方的纺织娘叫得比较早。而南方，特别是广东这一带，纺织娘一般要九月以后才开始嘈嘈切切地唱将起来。地域不同，昆虫鸣叫相应于时令也应有所变化吧。

"五月斯螽动股，六月莎鸡振羽。七月在野，八月在宇，九月在户，十月蟋蟀入我床下。""动股"和"振羽"都是为了发出声音。这声音，只有常在自然中行走，你才能感受古人用声音营造出来的热闹气氛，能够用听觉想象秋日丰收的场景。

《诗经》中，有拟声词者占五十三篇之多，近六分之一，尤以十五国风中数量最丰。仔细听来，有水声、虫声、鸟声、风声、玉声、金铁之音、劳作之音、车马之音、钟鼓之音等不一而足，展现出人对自然的细密体察，也体现出深刻的周代礼乐文化背景。

这些来自远古的声音交织成一个彼此回响的世界，给我们展现出了一首规模宏大的交响乐，反映着先民的悲欢离合，生息劳作。

通过声音走进《诗经》的美学世界，是理解《诗经》的一个重要角度。

20世纪60年代末，国外的一些作曲家、科学家提出"声景"这一概念，是相对于视觉风景的声音风景，意指用"耳朵捕捉的风景"或者"听觉的风景"，是环境艺术探索发展的新领域。

经济的飞速发展导致人工的声音越来越替代自然的声音，声景缺失和乏味严重影响了人们的生活质量。来旗溪农场团建的客人总是喜欢把音响开得震天响，也不愿意静下心来听一听五桂山众多生灵的声音，听听大自然的音乐。

只是，天底下没有新鲜事，声景这一所谓的"新领域"早在《诗经》年代，就已经被充分诠释。

物

语

乌鸦:
跌落凡间的神鸟

在自然教育活动中，我们会给自己取一个自然名，希望通过名字，让参与者产生和自然的连接。这或许也是孔子"多识于鸟兽草木之名"的目的之一吧。当你把自己看作自然界的一只鸟、一只昆虫，或者一株植物时，你会对那一个属于大自然的"我"多一分关注，当你在自然界中遇见"它"的时候，也会多一分亲切感。

比如，乌鸦之于我，就是如此。

我的自然名叫乌鸦，因为嗓门大，说话直，大学时就被赐此外号。

我曾一度想改名，因为乌鸦太不吉利了。

天下乌鸦一般黑。

乌鸦嘴。

乌鸦叫，丧事到。

……

直到我去参加绿色营自然导赏员培训，业内前辈徐仁修老师告诉我，乌鸦在有些地方是吉利鸟。所有对自然界生物的评判其实都是人的偏好，和这种生物本身无关。

我开始去探究乌鸦身上背负的那些人类期许和伤痛。

乌鸦这一物象的起源，文字记载最早见于《山海经·大荒东经》："汤谷上有扶木，一日方至，一日方出，皆载于乌。"

在先民看来，乌鸦是一种神鸟，是太阳的使者，可以给人们带来光明，驱走黑暗。"阳乌载日"的神话，在古代彩陶上得到印证。有学者认为，远古先民之所以将"乌"和"日"结合起来，是因为在对太阳的长期观测中，发现了"日周围有黑云""日中有黑子"等现象。

《诗经》中也有关于乌鸦的记载："莫赤匪狐，莫黑匪乌。"

这句话译过来是，天下没有不红的狐狸，也没有不黑的乌鸦。

《邶风·北风》这首描写卫国贵族逃亡的诗，用狐狸和乌鸦来代指逃亡途中所见的动物，也隐喻后有追兵和艰辛的逃亡环境。

"天下乌鸦一般黑"这一句俗语很有可能从此衍生。在高亨的《诗经今注》中解释说："诗以狐比大官，以乌鸦比小官。周代大官穿红衣，小官穿黑衣。此二句言：穿红衣的都是狐狸，穿黑衣的都是乌鸦。"

在《小雅·正月》中也提到了乌鸦："瞻乌爱止，于谁之屋？……具曰予圣，谁知乌之雌雄？"在当时，因为人们常常

物
语

在唐诗中，经常将鸟啼与秋冬悲凉萧瑟
之景相衬，表达悲哀忧愁的情绪。

用乌来占卜财运，所以乌鸦落在谁家屋顶上，便预示着谁家将有吉祥富贵到来。钱锺书先生曾考证过这两句记载，认为乌鸦是王业之象征。

观鸟达人张海华在其书《诗经飞鸟》中考证，全身乌黑之鸦在国内比较常见的有大嘴乌鸦、小嘴乌鸦、秃鼻乌鸦，外貌相似，这两首诗中所提到的乌鸦，三种都有可能。

而在《小雅·小弁》中："弁彼鸒斯，归飞提提。民莫不穀，我独于罹。"鸒，指的就是另一种乌鸦——寒鸦，这句话的意思是，那些寒鸦多快活，安闲翻飞向巢窠。作者用快乐的寒鸦来反衬自己被放逐的悲苦。

有趣的是，这种如今被归为鸦科的动物并不是全身乌黑。"形似乌鸦，比乌鸦小，腹白，喜群栖。"张海华认为，这"鸒"是现在的达乌里寒鸦，或许古人认为"鸒"和"乌"本属于两种不同的物种。

研究《诗经》中的鸟，你会发现，古人似乎比今人更不注重颜值，而更注重德行。比如，"关关雎鸠"中的雎鸠鸟被认为是"挚而有别"的夫妻关系，但其实是长相丑陋的鱼鹰。

当然，这也可能跟孔子的选编有关，跟后人的解读有关。总之，我想表达的是，最初，乌鸦是一只好鸟！

不知道是不是受了中国神话的影响，在日本神话中，乌鸦亦是吉祥鸟——八咫鸦。传说，它受天照派遣到人间，解救了因为迷路被困在熊野山中的神武天皇东征军，到现在神社里依旧供奉着它，后来八咫鸦便成为熊野本宫大社的神纹，象征着"忠实、诚实、大无畏"的精神。

日本人认为乌鸦不仅聪明，而且还是通灵的鸟，在很多地

物语

方被奉为神灵。日本的那须乌山市就是由乌鸦拯救这个城市的传说而得名。日本古老的历史书籍中记载乌鸦是操纵太阳神灵的使者，是引领人们寻找幸福的导向鸟。

日本有一首童谣叫《乌鸦之歌》，流传甚广。《海边的卡夫卡》是日本作者村上春树最著名的作品之一，其中"卡夫卡"在捷克语中的意思就是乌鸦。

因为先民对乌鸦赋予的吉祥之意，从唐代开始，乌鸦的文化象征意义多是延续和继承前几代的祥瑞之说。

从汉代开始，"慈乌反哺"之说开始流传，乌鸦被视为孝鸟。

比如孟郊的《远游》中写道："慈乌不远飞，孝子念先归。"白居易在《慈乌夜啼》中写道："慈乌失其母，哑哑吐哀音。昼夜不飞去，经年守故林。"诗人们借慈乌反哺的意象，歌颂孝子之情。白居易甚至称乌鸦为"鸟中之曾参"。

而乌鸦作为恶鸟的起源，可以追溯到屈原的《楚辞》。

在《楚辞》中，共有四次涉及乌鸦意象。

鸾鸟凤皇，日以远兮。燕雀乌鹊，巢堂坛兮。

——《楚辞·涉江》

像鸾和凤凰这样的神鸟被渐渐疏远，而像麻雀、乌鸦之类的凡鸟登堂入室。在这里，鸾鸟凤凰指的是忠臣，而燕雀乌鹊则指的是佞臣。

除此之外，在《九章》《九思》中所提到的乌鸦也都是指佞臣。可见，乌鸦在《楚辞》中完全成为一种恶鸟。

《汉书·五行志》提到，汉景帝三年出现的白颈乌与黑乌群斗事件,预兆了楚王刘戊谋反而死。汉昭帝元凤元年乌与鹊斗,则预兆了燕王刘旦谋反一事。《世说新语》佚文也有徐干梦见乌鸦遂以恶终的记载,使人们将乌鸦与谋反、死亡等联系起来。

在唐诗中,常将乌啼与秋冬悲凉萧瑟之景相衬,表达一种悲哀忧愁的情绪。至宋代,出现了"南人喜鹊而恶乌,北人喜乌而恶鹊"的奇特现象。屈原也是南方人,算是这一现象的鼻祖。

南宋洪迈《容斋续笔·卷三·乌鹊鸣》说:"北人以乌声为喜,鹊声为非;南人闻鹊噪则喜,闻乌声则唾而逐之,至于弦弩挟弹,击使远去。"

到了南宋时期,南方逐渐成为中国文化的中心,南方人视乌鸦为不祥之鸟的观念逐渐成为主流。而此后这种观念在元明清时期继续扩大。

"枯藤、老树、昏鸦""斜阳外,寒鸦数点,流水绕孤村""江南梦断雁不飞,空城夜夜乌鸦啼",鸦的意象有衰败、荒凉、冷清、离愁、死亡,这些慢慢成为乌鸦带给人们的情绪。于是,从宋代开始,乌鸦在中国文学中的意象就向屈原靠近,成为不祥之兆。

除了屈原的影响,乌鸦吃腐肉的习性也是导致人们逐渐将其视为不祥之鸟的原因之一。早在西汉时的乐府诗中就已经出现乌鸦啃食腐肉的描述:"战城南,死郭北,野死不葬乌可食。"

其实,千古以来,乌鸦还是那只乌鸦,叫声难听,喜欢吃腐肉,敢和老鹰搏斗的鸟。

物

语

◎桃

桃夭：人间最美好的祝福

在那桃花盛开的地方

有我可爱的故乡

桃树倒映在明净的水面

桃林环抱着秀丽的村庄

……

桃园荡漾着孩子们的笑声

桃花映红了姑娘的脸庞

啊！故乡！终生难忘的地方

为了你的景色更加美好

我愿驻守在风雪的边疆

……

栖于桑林

蒋大为的这首《在那桃花盛开的地方》曾唱响中华大地。

如果要用一种植物来代表中华大地，桃无疑能够成为强劲的角逐者。

无论是在中朝边境辽宁丹东，还是在中原大地，抑或是沿海岭南，都能够见到桃树、桃花的身影。

"夸父与日逐走，入日；渴，欲得饮，饮于河、渭，河、渭不足，北饮大泽。未至，道渴而死。弃其杖，化为邓林。"在《列子·汤问》记载这中国最早的神话故事、民间传说中，夸父最终所化之"邓林"即是桃林。

原始社会，人类靠打猎和采集果实根茎为生。美味多汁的桃子，繁殖能力极强，开花绚烂，果实丰盛。这种令人惊讶的花树和果树，成了人们崇拜的自然神灵。在浙江河姆渡新石器时代遗址，考古学家发现七千年前的野生桃核，而在《诗经》年间，桃已经开始人工种植。

桃花和桃木，被认为是可以沟通上天、消除鬼魅的吉祥之树。在最古老的神话里，桃木是天树，它长在天庭里，三千年一开花，三千年一结果，成为王母娘娘蟠桃会上的佳果。巫师们的符咒，都是用桃木写的。最早的对联亦来源于此。

桃由中国丝绸之路传入波斯，后再传入法国、德国、西班牙、葡萄牙，16世纪传入美洲成为世界性的水果。

桃，预兆之树，兆春之木，因其艳丽灿烂的颜色和饱满美丽的花形，成为美丽少女的象征。

桃之夭夭，灼灼其华。之子于归，宜其室家。
桃之夭夭，有蕡其实。之子于归，宜其家室。

桃之夭夭，其叶蓁蓁。之子于归，宜其家人。

《周南·桃夭》叙述的是女子出嫁的情境和作者的美好祝愿。

"夭夭"，美丽而茂盛的样子。"灼灼"，色彩鲜艳如火。"有蕡"，果实累累的样子。"蓁蓁"，叶子茂盛的样子。

从女子面容之美，到身材之美，再到开枝散叶的生育能力和持家有方的品德，人间最美好的祝福，都给了这身披嫁衣的女子。

《桃夭》的歌声在送嫁的途中响起，正是二、三月桃花盛开的季节。

桃花带着春天的气息，成为后世描写美女的词宗始祖；桃林也带给人们美好的期许和预兆。

> 人间四月芳菲尽，
> 山寺桃花始盛开。
> 长恨春归无觅处，
> 不知转入此中来。

——白居易《大林寺桃花》

桃花，那俏皮的春光，偷偷躲进山寺中。

> 去年今日此门中，
> 人面桃花相映红。
> 人面不知何处去，
> 桃花依旧笑春风。

——崔护《题都城南庄》

桃花带着春天的气息，成为后世描写美
女的词宗始祖；桃林也带给人们美好的期许
和预兆。

物
语

那掩映在桃花中的美丽女子，让崔护一生念念不忘。

"洛阳城东桃李花，飞来飞去落谁家？洛阳女儿惜颜色，坐见落花长叹息。"在《代悲白头翁》里，那年华逝去、容颜易老的悲叹，刘希夷娓娓道来。

"花谢花飞花满天，红消香断有谁怜？游丝软系飘春榭，落絮轻沾扑绣帘。"据说在《红楼梦》中，葬花的黛玉所葬之花亦是桃花。第一次葬花是三月中浣，第二次是四月芒种节时。

黛玉葬的何止是花，她葬的是如花般绚烂的自己，是红楼姐妹们，是"灼灼其华"的美好婚姻。

桃，与"逃"同音。桃之夭夭，后世被转改为"逃之夭夭"。

或许正是如此，桃花因而具隐者之意，体现出追求自由、珍视个体生命价值的可贵精神。

这一文学传统，是否亦是来源于《诗经》呢？

园有桃，其实之肴。心之忧矣，我歌且谣。不知我者，谓我士也骄。彼人是哉，子曰何其。心之忧矣，其谁知之？其谁知之，盖亦勿思！

——《魏风·园有桃》

园中桃树壮，结下桃子鲜可尝。心中真忧闷呀，姑且放声把歌唱。有人对我不了解，说我士人傲慢太骄狂。那人是对还是错？你说我该怎么做？心中真忧闷呀，还有谁能了解我？没有人了解我，何必挂念苦思索。

《魏风·园有桃》讲述的是一位知识分子不甘寂寞，怀才不遇的忧愤之情。当时的魏国国小势弱，强敌压境，国君却不施德政，致使国家日益遭受侵凌和蚕食，自己既想施展抱负，又不被世人和当政者所理解和重用。

果园中有桃子，采下来就可以食用，心中有烦忧，就吟唱歌谣去宣泄，这都是自然而然的事情。

"不知我者，谓我士也骄。"让人直接联想起同样出自《诗经》的"知我者，谓我心忧；不知我者，谓我何求。悠悠苍天，此何人哉？"（《王风·黍离》）这一千古名句。

清代文学家方玉润说："此诗与《黍离》《兔爰》如出一手，所谓悲愁之词易工也。"

这位士人心中有愤懑之情，积郁在心，必须歌咏而抒发。这种表达，与书写《离骚》的屈原是何等相似，和竹林之下喝酒、纵歌，肆意酣畅的七贤，又何等相似。

难怪学者们认为《园有桃》是一首比较早的自由诗。

自由，是多少士人所渴求的。

> 桃花坞里桃花庵，桃花庵里桃花仙。
>
> 桃花仙人种桃树，又摘桃花卖酒钱。
>
> 酒醒只在花前坐，酒醉还来花下眠。
>
> ——唐寅《桃花庵歌》

以桃花仙人自喻的"吴中四才子"唐伯虎，宁肯过着以花为朋、以酒为友的自由闲适生活，也不愿意享受富者有车尘马足的乐趣。然而，"桃花仙人"追求自由的代价是晚年生活穷困，依靠朋友接济，五十四岁病逝，令人唏嘘。

既然现实生活中没有"桃花仙人"的生存空间，那就造一

物

语

个"夹岸数百步，中无杂树，芳草鲜美"的桃花源吧。"屋舍俨然，有良田美池桑竹之属。阡陌交通，鸡犬相闻。其中往来种作，男女衣着，悉如外人。黄发垂髫，并怡然自乐。"

陶渊明笔下的桃花源，又是多少文人志士追求的理想社会？

◎
木
瓜

木瓜：
投我以木桃，报之以琼瑶

木瓜，在广东，可谓妇孺皆知。广东人喜欢拿木瓜来煲汤，木瓜鲫鱼汤、木瓜鸡脚汤、木瓜银耳汤……据说木瓜可以美容丰胸，还可以下奶，所以我坐月子那阵没少喝木瓜汤。

　　投我以木瓜，报之以琼琚。匪报也，永以为好也。
　　投我以木桃，报之以琼瑶。匪报也，永以为好也。
　　投我以木李，报之以琼玖。匪报也，永以为好也。
　　　　　　　　　　　　　　　　　　——《卫风·木瓜》

这首《卫风·木瓜》，是传诵最广的《诗经》名篇之一，讲的就是木瓜的故事。

物

语

你送我一个木瓜，我回赠你一块美玉，并非以此为酬偿，只希望我们永远交好。

一边吃着清甜的木瓜一边读这首诗，你会不会觉得生活特别有诗意？

错错错！

我们在广东常吃的木瓜，真正的名字叫"番木瓜"，是番木瓜科、番木瓜属植物，原产热带美洲。

番木瓜何时传到中国，有两种说法。有人认为，《岭南杂记》记载了番木瓜，这部书成书于17世纪末。也有人认为，宋代王谠的《唐语林》讲到了番木瓜，而这本书是根据唐人小说的旧材料编写的。因此，番木瓜传入中国，最晚也应该在宋代，最早可能推至唐代。

番，本义是野兽的足迹，引申为西边未开化的少数民族和外国地区。远古时代中原地区注重秩序和礼仪的造字祖先，以文明中心自居，将西方边境上文化落后的少数民族地区以及西边外国地区，视为食无皿、行无礼的未开化野蛮地区。

凡是植物名字上带"番"字的，如番茄、番薯、番石榴等，都同理可证。

番木瓜最有意思的还不是它的名字，而是它的花。

番木瓜是一种雌雄异株的树木。植株开放雄花的称雄株，开放雌花的称雌株，而开放两性花时又可开放雄花的称为两性株——雌性两性株和雄性两性株。番木瓜的花分三个类型：雌花、雄花和两性花。因此，番木瓜的一朵花，可能是雄株上的雄花，或者雌株上的雌花，或者是雌性两性株上的雄花或者雌花，也可能是雄性两性株上的雌花或者雄花……

如果你有兴趣，可以仔细观察一下身边的木瓜树。

后来，大概是番木瓜太受国人的喜爱，彻底融入了中国人的饮食文化和日常生活，叫着叫着，就不见了"番"字。

反倒是中国本土的真正的木瓜，变得籍籍无名，无人知晓。

第一次见到木瓜是在洛阳植物园，一位老师带我们在园子里寻找，看到一个小小的如桃子般的果树，十分不起眼，也并未给我留下多少印象。

第二次再见木瓜是 2021 年在大理凤阳邑村，丁丁已经快小学毕业，我们组团外出，住在这个尚未被过度商业化的大理小村。一日，我们在村中闲逛，见到一个挂着"下午工作室"牌子的酒庄，我们探头探脑。走进去第一眼，我就看见主人家偏房前一棵如桃树般外形结满果实的一人高小树。

"这是什么？"我问。

"木瓜。"从澳大利亚回国，隐居在此酿酒的酒庄主随后回答。

"啊，木瓜，这就是'投我以木瓜，报之以琼瑶'的木瓜啊。"我一激动，立马老师角色附身，把几个孩子都叫过来，跟他们介绍这棵在中国文学中传唱三千年的植物。

这才是贴合《卫风·木瓜》这首诗意的木瓜，而不是被特地种在洛阳植物园供大家观赏的木瓜。就如同我们居住的旗溪村，你家的龙眼熟了，送一袋给我；我家的黄皮结果了，请你来尝；我家蒸了馒头送你几个；你家做了面包，送我做早餐……这才是"匪报也，永以为好"的期许。

《卫风·木瓜》中的木瓜属于蔷薇科木瓜属光皮木瓜，果实为长椭圆形，成熟后呈黄色，状如小甜瓜，但质地坚硬。

这首诗后面两章用来换美玉的"木桃""木李"都属于蔷薇科的植物，味道与品质和木瓜类似。

那么，木瓜投给你干什么呢？

茶室必备天然香薰！

那位被赠木瓜的君子，定然也是一位茶友。在秋冬的茶室，将心上人送的木瓜摆放在茶桌上，淡淡的奶香味和茶香味相互交融，此刻心情也会归于平静，慢慢品味这满屋都流淌着爱的气息。

这么美好的场景，怎么能不让君子回赠一块价值连城的美玉琼瑶？

当然，作为吃货民族，木瓜能种在房前屋后，自然也会在餐桌上大显身手。

酸木瓜鱼是云南的一道名菜，酸爽开胃，不输酸菜鱼。还有酸木瓜干，是怀孕女士必备小吃。

同属木瓜属的还有宣木瓜，也叫皱皮木瓜，因为出产于安徽省宣城市的皱皮木瓜品质最好，在古代经常作为"贡品"，因而得名。据说，宣木瓜含有 19 种氨基酸、18 种矿物微量元素和大量的维生素 C。

与"投桃报李"不同，你赠给我果子，我回赠你美玉，两者价值相差甚远，这才是"匪报也"的体现，体现了一种人类的高尚情感（包括爱情，也包括友情）。这种情感注重的是精神上的契合，因而回赠的东西及其价值的高低在此实际上也只具有象征性的意义，表现的是对他人、对自己情意的珍视。

这种情感在看重物质的现代人眼中似乎很难理解。

再来说说"琼瑶"这块美玉。

物

语

琼瑶，台湾剧作家琼瑶的笔名就是由此而来。她的言情小说陪伴了一代青春少女，塑造了她们的恋爱观和人生观。

　　琼瑶是《诗经》的铁粉，小说的主人公名字都很有诗意。由她改编自《诗经·秦风·蒹葭》的歌曲《在水一方》就曾红遍中国大江南北。

◎ 螽斯

螽斯：

古人如何劝人生三胎

目光犀利的家长发现，五年级上册语文课本的封面是一家四口，六年级上册语文课本的封面成了一个妈妈带三个娃。

放在历史长河之下，除了短暂的计划生育年代，鼓励女人生娃，中国自古以来，皆如此。

> 螽斯羽，诜诜兮。宜尔子孙，振振兮。
>
> 螽斯羽，薨薨兮。宜尔子孙，绳绳兮。
>
> 螽斯羽，揖揖兮。宜尔子孙，蛰蛰兮。
>
> ——《周南·螽斯》

这是《诗经》中一首祝愿贵族子孙众多的乐歌。朱熹说："螽斯聚处和一，而卵育蕃多，故以为……子孙众多之比。"

物语

99

顾随认为"诜诜""薨薨""揖揖"皆因声取义,所谓"声形字"也。如口语之丁零当啷、噼里啪啦。这种声形字增加了文字之美与生动。振振、绳绳、蛰蛰都是形容子孙兴旺之状。

螽斯就是中国北方所称的"蝈蝈",外表粗看很像蝗虫,但它们的身甲远不如蝗虫坚硬,它们的触角细如丝,比身体还长。而蝗虫类的触角又粗又短。

和蝉一样,螽斯只有雄性才能鸣唱,雌性是"哑巴",但有听器,可以听到雄虫的呼唤。

螽斯是怎么发出声音的?

左前翅的臀区具一略呈圆形的发音锉,右覆翅上具边缘硬化的刮器,音锉与刮器相互摩擦,即可产生声音,相当于小提琴的弓和弦。

螽斯的鸣叫声分为三种:呼唤声、求偶声、惊叫声,用来吸引异性和惊叫敌人。当雄虫周围未出现雌虫时,发出响亮的"呼唤声",可以让远处的雌虫听见;当知道雌虫在其近旁时,音调变为低而纤弱的"求偶声",目的是激发雌虫与之交配;当发现天敌后,尖厉的"惊叫声"则能起到分散敌人注意力、告示同类的目的。

整个夏天,一只螽斯摩擦前翅5000万–6000万次。

回到诗歌本身,我再次感慨古人对自然的亲近和理解是如此准确和到位。

我仔细聆听螽斯的叫声,没有听到"诜诜"和"薨薨",但是"揖揖"之声的确很像螽斯的鸣声。考虑到古音的变化,也考虑到我对自然的接触仍处于有限的阶段,我很怀疑,"诜诜""薨薨""揖揖"本就是在模仿螽斯的呼唤声、求偶声和惊叫声。

而古人竟然已经观察到这些声音是"螽斯羽"发出的。螽斯通过覆翅发出叫声，为了吸引异性，繁衍后代，子孙满堂。这令人振奋。

为什么是螽斯？

螽斯类的昆虫自古以来就是人类的敌人，可以想象一下骇人的蝗灾。一个物种，数量可以多到成为灾难，多到遮天蔽日，如不具备非凡的繁殖力，是绝难达到的。

尽管如此，中国人对于螽斯并没有偏见，保有着难得的中立态度。

明清两朝建造的皇宫紫禁城中，就有一道特别的门，叫作螽斯门。在《甄嬛传》剧中，有这样一个情节：由于后宫的子嗣稀少，皇后被太后训斥为中宫失德，被罚站在螽斯门前思过。

螽斯门位于西六宫区域的西二长街南端，西六宫正是后宫妃子们住的地方，而西二长街也被称为"生子大街"。在长街的最北端就是百子门，螽斯门对应着百子门。不言而喻，就是希望嫔妃多为皇帝绵延子嗣，同时也是寓意皇室子孙昌盛，江山永固。

"夫妇之道，人伦之始。先说男性、女性之美，而后即说其子孙之旺盛。此 moral nature（道德本性），看似极俗，实则天经地义，人类之无灭绝以此。"顾随在解读《诗经》的篇目里说。

劝人生娃，并不直说，而是从自然界的昆虫习性入手，旁敲侧击，也真够"温柔敦厚"的了。

物语

我们是如何丧失了"兴"的能力

"关关雎鸠,在河之洲。窈窕淑女,君子好逑。"

读懂《诗经》开篇这十六个字,你就能读懂中国文学的传统。

"关关",拟声词,形容鸟的叫声。

读《诗经》,你会发现大量的拟声词。

"伐木丁丁,鸟鸣嘤嘤""螽斯羽,薨薨兮""南山烈烈,飘风发发""风雨凄凄,鸡鸣喈喈""呦呦鹿鸣,食野之苹""河水洋洋,北流活活",拟声词是模拟自然界声响而造的词汇,是世界上所有语言都具备的成分。

在《诗经》中,有拟声词者,占五十三篇之多,将近六分之一的数目,尤以十五国风数量最多。

仔细听来,有水声、虫声、鸟声、风声、玉声、金铁之音、劳作之音、车马之音、钟鼓之音等不一而足。

读《诗经》，如在聆听一部先民在大自然中的日常生活之歌，充满着烟火气。

"三百五篇，孔子皆弦歌之。"《史记·孔子世家》中记载。

"诵诗三百，弦诗三百，歌诗三百，舞诗三百。"《墨子·公孟篇》记载如是。

孔子本不是后世塑造的老夫子形象，他文武双全，会弹琴，爱唱歌，整理《诗经》时，他一定是一边打着拍子，一边哼着歌，和着音韵工作的。说白一点，《诗经》就是中国最早的一本歌本。

声音之妙，我在一本日本绘本中感受至深。

《噗噗噗》是日本当代杰出诗人、剧作家、翻译家谷川俊太郎创作的一本绘本。他获得 2008 年国际安徒生奖提名，还是动画片《铁臂阿童木》《哈尔的移动城堡》主题曲的歌词作者。

这是一本很奇特的书，没有故事，只有图画和拟声词。作者用拟声词表达了世界上物体的状态和变化。只交给孩子去想象！这本让大人不知所云的书，曾被丁丁3岁的时候痴迷很长时间，令他每次听都咯咯咯笑个不停。

声音之妙，鸟类观察者亦能充分感受。在这个群体中，听音辨鸟是入门之后习得的一种本领。

在旗溪的春天，你能听到四声杜鹃的叫声，这种鸟被称为布谷鸟。当听到它"快快布谷"的叫声时，农民准备春耕了。

同样的叫声，在秦岭一带的人，听到的声音是"光棍好苦"，在英国的观鸟人，听到的是"one more bottle"，在旗溪的客家人听到的却是"塘鲺煲粥"。

被不同地域的人解读出不同内涵叫声的杜鹃鸟，在《诗经》中被称为"鸤鸠"。

物

语

"鸤鸠在桑，其子七兮。淑人君子，其仪一兮。其仪一兮，心如结兮。"意思是说贤良的人，他的仪态、行为是始终如一的；他的心犹如绾了结似的专一与牢固。总之，这种鸟是好鸟。

有一种鸟，叫强脚树莺，我第一次听到它的叫声是在秦岭长青大熊猫保护区参加绿色营自然导赏员培训时。徐仁修老师说，它在问"你是谁？你是谁"。这简直是一只学过哲学的鸟，不停地在问一个哲学上的终极问题。

"关关雎鸠，在河之洲。窈窕淑女，君子好逑。"

由自然界的声音和景象，引起诗人内在的情感，这种开篇的方式被称为"兴"。顾随说："上下无关谓兴，因彼及此谓之比。"

子曰："兴于诗，立于礼，成于乐。"可见，诗之"兴"格外重要。

"兴"，感发志气，见外物而有触。

顾随解释说：生机畅旺之人最好。"昔我往矣，杨柳依依。今我来思，雨雪霏霏。"读之如旱苗遇雨，真可以兴也。

读诗，一方面，我们需要了解古人的意思，古人的语境；另一方面，我们也需要有自己的感悟和生发。

《诗经》给我们呈现了古人"兴"的缘由——自然。而我们在读古诗时，除了因古人之诗而引发今人之感，亦需要学习古人因自然而生发，而起诗兴。

因为自然才是带给人"生机畅旺"的根本。

台湾著名作家三毛有篇以《塑料儿童》为题的文章，描述了一对被电视、可乐、动漫包围的双胞胎侄女和两个对室外游戏、夏夜星空、月光下的山峦毫无兴趣的五六岁孩子，三毛称其为"塑料儿童"。她认为这些城里长大的孩子已经失去了大自然天赋给人的灵性，已经习惯用物质代言欢乐，无法与自然和谐共存。

这些塑料儿童长大后，可能很难理解三毛笔下的《撒哈拉沙漠》，更难理解《诗经》从"关关雎鸠，在河之洲"到"窈窕淑女，君子好逑"的情感变化。

从雎鸠鸟到君子和淑女，是中国人从观自然到观自我的一个过程，也是中国人认识世界的一种方式。

李泽厚曾经说过："中国的山水画有如西方的十字架。"中国人以永恒的宇宙（中国人的"天"，自然山水为其代表符号）代替永恒的上帝。李先生说："使中国人的体验不止于人间，而求更高的超越；使人在无限宇宙和广漠自然面前的卑屈，可以相当于基督徒在面向上帝。"这不但让中国文化在遭遇基督教挑战后重获新生，更是为人类创造了一个诗意的栖居地。

《诗经》常读常新，百读不厌，就在于，它是中国人诗意的栖居地。

2022年8月，《人民日报》发布的《2022年国民抑郁症蓝皮书》显示，我国18岁以下抑郁症患者占抑郁症发病群体总人数的30.28%。50%的抑郁症患者为在校学生，41%的患者曾因抑郁休学。抑郁症以连续且长期的心情低落为主要的临床特征。

我似乎听到了强脚树莺不停地在问："你是谁？你是谁？"

今天，当我们远离自然，当我们的孩子远离自然，我们不仅远离了人作为自然一部分的生命场域，也远离了中国的文化传统，孩子们如无源之水、无本之木，不知自己是谁。"生机畅旺"从何而来？他们又何时可兴，何处可兴？

物语

心

经

◎蒹葭

两封情书：
得不到的永远在骚动

"银烛秋光冷画屏，轻罗小扇扑流萤。天阶夜色凉如水，卧看牵牛织女星。"

中国诗歌的传统讲求"意境"二字，"看破不说破"是中国美学的重要标准，所谓"不著一字，尽得风流"。而回溯起源，必为《诗经》。《诗经》奠定了中国诗以抒情为主的基本特征，其"赋""比""兴"的表现手法，跨越千年影响至今。

说到抒情性，不得不从《国风》开始，十五国风，各有各的身段与姿容，各有各的欢欣与哀愁，例如《秦风》里的《蒹葭》和《周南》里的《汉广》，同是"水边有佳人求而不得"，但其精神特质和审美境界各有不同。一方水土养一方人，若从地域特征和人文风貌入手，在共性中探寻个性，在个性中梳理共性，就能看见更多鲜活生命的跃动。

心
经

说起秦国，它原居甘肃天水，后渐东扩，占据陕西一带，这里也是古代西部民族氐人和羌人活动的核心地区，气候温润、物产丰富、宜农宜牧，是中华民族的发祥地之一。在漫长的历史过程中，陇南既是各种政治军事力量激烈争夺的战场，也是中原中央政权与西北少数民族接触交往的前哨阵地，长年攻伐消长，民族交流融合，成为陇南历史发展过程中的主要内容。

朱熹《诗集传》："秦人之俗，大抵尚气概，先勇力，忘生轻死。"秦人这个数百人的小部落一路从陇南山区走到陕西的关中平原，从西汉水畔的礼县到咸阳，最终建立起强盛一时的超级大国——秦帝国，靠的除了商鞅变法，也有始终保留下的勇毅果敢。而这一带的口音至今也较为相近。《汉书·地理志》中曾经记载："安定、北地、上郡、西河，皆迫近戎狄，修习战备，高尚气力，以射猎为先。"因"迫近戎狄"，秦人面对的是拿着武器的牧猎民族，这样的环境迫使秦人"修习战备，高尚气力"，因而秦人的情感是激昂粗豪的。在《秦风》保留的十首诗歌中，过半诗歌都与征战猎伐有关，有描写王公贵族狩猎或者出行的盛大排场，如《车邻》《驷骥》，亦有"岂曰无衣？与子同袍。王于兴师，修我戈矛，与子同仇"这种激昂慷慨、同仇敌忾的战歌《无衣》。

这样一个刚毅硬气的国度，却诞生出了深情缥缈的《蒹葭》，它柔情似水，苍凉悠远，以柔软的力量剥开了旷达彪悍的秦人外衣，坦之以深情悠长的内心。怎么看都不像是地处山峦层叠、沟壑纵横的陇南人歌唱的诗，而更像春秋战国时郑、卫等国（今河南一带）的民间音乐风格。

如果说真要给它找出个原因，我愿意把它归结于一条河流——西汉水。在西周时期,甘南地区植被丰茂,河流纵横。西汉水是这一带的主要河流,据考详秦人早期的都邑所在地就在今天礼县红河、盐官一带,秦人发祥地就在西汉水上游。《蒹葭》正是秦人在西汉水沿岸农耕兼牧马生活中个体创作、集体流传的诗作。

这首诗歌也是仅次于《关雎》最早出圈的作品,琼瑶以它为蓝本改写的歌曲《在水一方》在 20 世纪八九十年代红透大江南北,成为萦绕在无数痴男怨女心中的白月光。

"蒹葭苍苍,白露为霜",读诗的人,一到了"白露为霜",就自然为它打上了"秋天的诗歌"的烙印,毕竟秋天和惆怅总是特别"登对"。但《诗经》不仅是中国最早的一部诗歌总集,它还是集历史、地理、风物、自然于一体的"百科全书"。回到这一起兴的植物——蒹葭本身,蒹是没长穗的芦苇,葭是初生的芦苇。无论是苍苍,还是凄凄,抑或是采采都是指茂盛的样子。在陇南秦地,芦苇初生应该是四月前后暮春时节,那如何解释"白露为霜"呢?陇南四月最低温度在零下六摄氏度,白天温度高,夜晚温度低,一样能形成白露。说到此,不禁令人想起李白的一首《春思》:"燕草如碧丝,秦桑低绿枝。"一样是物候的差别,同一时间,燕地的草抽出了碧丝,而纬度偏低的秦地桑叶已经压低了枝头。

暮春时节,春水初涨,春林初茂,春风十里,无论是桑叶还是蒹葭,都那么容易唤起人的思念。清冷的早晨,芦苇在水边连成一片,青灰色的雾气尚未散去,那位在水一方的"伊人"隐约缥缈,可望而不可即,或者根本就是诗人痴迷心境中产生的幻想。"白露为霜""白露未晞""白露未已"——夜间的

"蒹葭苍苍，白露为霜。所谓伊人，在水一方。"人生中有永远无法靠近的人，也有永远无法实现的愿望。

露水凝成霜花，因气温升高而融为露水，露水在阳光照射下蒸发，时光在延续，思念也在延续，纵然"伊人"仿佛不可接近，他却不放弃尝试，有时逆水而上，有时顺流而下，不断寻找道路，哪怕理性明明白白地告诉自己，伊人"宛在水中央"。

这股子顽强而执拗的精神倒是真像了秦人。

同是水边的伊人，在《周南·汉广》中所写是"南有乔木，不可休思。汉有游女，不可求思"，在汉水的对岸，远远望见美好的"游女"，却无法去追求她。因为"汉之广矣，不可泳思。江之永矣，不可方思"，汉江啊太过宽广湍急，游不过去，甚至连舟楫也无能为力。诗人只能不断幻想着成亲时去迎亲的场景："翘翘错薪，言刈其楚。之子于归，言秣其马。""翘翘错薪，言刈其蒌。之子于归，言秣其驹。"又不断陷入幻灭："汉之广矣，不可泳思。江之永矣，不可方思。"

说起汉水，它也是我故乡的母亲河，作为长江最长的支流，它流经陕西、湖北两省，延绵 1500 多千米，在武汉汇入长江，在源地名漾水，流经沔县（现勉县）称沔水，东流至汉中始称汉水，自安康至丹江口段（我的家乡）古称沧浪水，襄阳以下别名襄江、襄水。它滋养了周南，也就是洛阳以南，直到江汉一带，包括今河南西南部及湖北西北部。

在汉水边上长大的人是幸运的，自幼见识过真正的"好水"。汉江自古径流量大、水力资源丰富，江流宽阔浩瀚。丹江口水库的汉水是深蓝色的，深流缓行，不动声色。儿时家乡人就称汉水为"海"，过江似过海，在交通不发达的 20 世纪八九十年代，渡江是一件很隆重的事情。

然而无论江河如何宽广，人们总是有办法渡过的，"谁谓河广？一苇杭之"（《卫风·河广》），事实诚如此。这样一比，不能不说《汉广》的诗人大概也算个空想派。就算游泳不可过，舟航总非难事，可是诗人在第二句、第三句，就只是幻想着秣马迎亲，然后突然惊醒汉广不可泳，江永不可方。幻想旋生旋灭，如同泡沫一般，相比《蒹葭》，多了些怯懦。大概面对万古奔流的汉水，他是真的怕了吧。

说到汉水和西汉水，注定这两首诗歌要纠缠在一起。据《甘肃省志·水利志》记载："在地质年代，西汉水曾经是汉江的源头，原来由于四川盆地的水系溯源侵蚀，切开了西汉水与川水的分水岭，将汉江上游的西汉水袭夺为嘉陵江的上游。"按照史学家和地质学家分析推测，汉水与古时的西汉水曾在阳平关相连。在南北朝时，西汉水和汉水才分流。历史上西汉水就是汉江的源头，这也解释了汉中为何叫作汉中（以目前汉江的源头位置，汉中应该叫作汉上）。古代秦岭西部的周秦先人，以天上之银汉，命名地上如银河璀璨的汉水。一条汉水，滋养出了两首意境相似的传世之诗，你很难说是歌谣会顺流而下"行走"传唱，抑或是江河文化总能孕育出多情的歌谣。

《蒹葭》没有具体的事件，连主人是男是女都难以确指，诗人着意渲染一种追求向往而缥缈虚空的意绪。《汉广》则相对具体写实得多，有具体的人物形象：樵夫与游女，有细微的情感历程：希望、失望到幻想、幻灭，就连"汉之广矣"的自然环境描写都是具体的。当然，空灵象征能提供更广的想象空间，而具体写实却不易做审美的超越。所以在《诗经》中《秦风·蒹葭》地位更高，因为它把"求而不得"这一人类基本而永恒的痛苦扩大到不止"求爱"两个字。

人生中永远有无法靠近的人，也有永远达不成的愿望，似乎《蒹葭》的诗人更倾向于积极的回答，而《汉广》的诗人则是悲观的。积极者会认为，美与爱，就算遥远，却并非无路可至，重在追求的过程，故而他毫不犹豫展开行动。悲观者却会认为，美与爱止于得到或止于放弃，一旦靠近，就会失落，不如让它停留在幻想里，既然不可泅渡，那就无须泅渡。

　　面对着同一条欲望之河，两种不同的态度，似乎很难分出高下，但正是不同的态度激发着人类蹚过去或是躺下去。如果是你，你会怎么做这道选择题？

心

经

爱过恨过：

如今都放下了

《诗经》里有许多"弃妇"诗，比如怨恨"遇人不淑"，嫁个负心人、欢喜已成空的《中谷有蓷》，比如责怨丈夫只能共患难，不能同安乐，"忘我大德，思我小怨"的《谷风》，比如充满着斗争精神的"子不我思，岂无他人？狂童之狂也且！"的《褰裳》，这些被抛弃的女性或哭泣叹惋，或埋怨绝望，充满着浓稠的哀怨情绪，苦是真苦，但人们不知这苦从何而来。唯有《卫风·氓》，如涓涓细流，将一个女性在婚姻里的遭遇娓娓道来，有叙述，有反思，读完不禁慨叹"未经他人苦，莫劝他人善"。《氓》是一首带有叙事性质的抒情长诗，从乐府诗《孔雀东南飞》《上山采蘼芜》到白居易的《长恨歌》，无不从它那里汲取营养；直到清代姚燮的《双鸩篇》中似乎还可以看到它的影子，为后世的叙事诗开了先河。

氓之蚩蚩，抱布贸丝。匪来贸丝，来即我谋。送子涉淇，至于顿丘。匪我愆期，子无良媒。将子无怒，秋以为期。

　　乘彼垝垣，以望复关。不见复关，泣涕涟涟。既见复关，载笑载言。尔卜尔筮，体无咎言。以尔车来，以我贿迁。

　　桑之未落，其叶沃若。于嗟鸠兮，无食桑葚。于嗟女兮，无与士耽。士之耽兮，犹可说也。女之耽兮，不可说也。

　　桑之落矣，其黄而陨。自我徂尔，三岁食贫。淇水汤汤，渐车帷裳。女也不爽，士贰其行。士也罔极，二三其德。

　　三岁为妇，靡室劳矣。夙兴夜寐，靡有朝矣。言既遂矣，至于暴矣。兄弟不知，咥其笑矣。静言思之，躬自悼矣。

　　及尔偕老，老使我怨。淇则有岸，隰则有泮。总角之宴，言笑晏晏。信誓旦旦，不思其反。反是不思，亦已焉哉！

——《卫风·氓》

　　氓，从民，从亡，"亡"意为"丧失""没有"。"民"指土著氏族、本地居民。本地外流的人口亦称"流氓"。"流氓"最显著的特征就是没有田地，因为到了外乡，属于外来人口，自然分不到田产，只能从事非农业性行业，如贸易行业。古代人民的最大财产就是田产，没有田产就是无产者、无产阶级。而这位失去土地的"氓"只能从事"士农工商"中最底层的"商"。

　　开篇第一段，这位嬉皮笑脸的氓，怀抱布匹来换丝，但他其实不是来换丝，是来找"我"谈婚事的。离别时，"我"送他过淇水西，到了顿丘依依不舍。不是"我"愿误佳期，而是氓无媒人失礼仪。所以不要生气，秋天就是婚期。第一段极具画面感，三言两语已经把男女的关系，以及他们所处的阶段勾

心
经

勒出来。西周时期，婚姻应遵循一定的礼仪，按照《礼记》所述，娶亲要循"六礼"，即纳采、问名、纳吉、纳征、请期、亲迎。按照六礼之制，婚姻的结合首先需要媒人穿针引线，由媒人赴女方家提亲，在提亲之后，由男方派人致辞送礼。这些程序之后，纳采才算完成。但是，《氓》中，卫女以"子无良媒"来阐述他们婚姻的开始，这在一定程度上反映出氓对卫女的怠慢。如果说男女双方没有媒人引荐，是源于先秦时期较为开放的自由恋爱，那氓与卫女结婚之前的准备也是十分仓促的，甚至没有得到父母的肯定，氓仅凭一些软磨硬泡的功夫就得到了卫女"秋以为期"的应允，而这份草率的决定也导致了后面的悲剧。

告别氓后，卫女思念成灾，泪流千行，终于等到氓赶着车来，搬运嫁妆。众所周知，彩礼是婚前必走的过程，故"六礼"中有一"纳征"，男方要送礼给女方，女方接受后才确立订婚关系。反观《氓》中的卫女，似乎完全相反，氓不但没有赠予卫女任何财物，还"以我贿迁"拉走嫁妆。若一位女性下嫁给一个爱她、珍惜她的人，那么他们会同甘共苦；若是下嫁给一个不懂得珍惜她的人，不久以后，她就会被弃之如废纸，因为当年娶你的时候没有付出任何代价。没有彩礼，当然也没有嫁娶的仪式，婚礼仪式是向家人和朋友宣告婚姻关系的成立，以此得到亲友的祝福和监督，我们不再是自由身，而是交给对方的人，旁人勿近。而《氓》里只字未提结婚时的场景，《小王子》里曾对仪式感做过解释，仪式感就是使某一天与其他日子不同，使某一时刻与其他时刻不同。生活中的仪式是为了纪念某一特殊的事件或时刻，而结婚于人生而言定然是一个重要时刻，在这重要时刻，卫女完全可以让氓按照"六礼"程序来明媒正娶，

导致爱消失的力量，正是当初导致爱产
生的力量。

但是氓没给她一点仪式感。他们就在没有仪式、没有彩礼、没有亲友祝福中开启了婚姻生活。

诗歌的第三段，没讲述婚后的生活，而是先来了一番感叹：桑葚还没落的时候，叶子是很茂密，斑鸠鸟啊，不要吃桑葚。这也是一种起兴，或许，在卫女的心中，桑葚就如同爱情一样，吃了就容易上头。接下来的这句算是全诗的题眼："于嗟女兮，无与士耽。士之耽兮，犹可说也。女之耽兮，不可说也。"女人不要沉溺在爱情中，男人想要脱身，非常简单，因为他们往往薄情，而女人一旦投入，便难以抽身。

接下来的诗句，详细描述了她进入婚后的状态：嫁入你家，多年来穷困受苦，繁重家务不辞辛劳，起早贪黑忙里忙外，没有出过任何差池，但是你朝三暮四、"二三其德"。你的心意达成了，"至于暴矣"，开始对我施暴，戏谑讪笑我。在男耕女织的时代，男人除了耕地，没有别的可操心，而女人则要做饭、织布、照顾小孩，工作量巨大。即便到了今天，一位全职太太在现代科技的协助之下，还会为繁杂事务忙得团团转。丈夫回到家，吃完饭抱着手机刷屏，埋怨妻子菜做得不好吃，吐槽妻子不修边幅。冷漠就算了，还蔑视爱人。而氓则更甚，一言不合就开打，女子一开始应该是忍受了他的暴脾气，但到了最后，枕边人已经变了心，双重打击之下，卫女痛苦万分。

女子静下心来细细回想，这段失败的婚姻，当年发誓白头偕老，如今誓言已经随风飘散，回想曾经的欢乐与甜蜜，都已消失不见。多年的情感，不眷恋是不可能的，但沉溺其中，容易被其吞噬。女人可以痴情，不可以自轻自贱。

故事的最后，女子决定忘却曾经的海誓山盟，"反是不思，亦已焉哉！"她最终选择了让这段感情到此为止，与丈夫一刀两断，既然你不念及旧情，那就算了吧，放下过去，更是放过自己，不再纠缠是对曾经爱过的自己最大的爱。

由最初的沉溺爱情，对氓百依百顺的懵懂少女渐渐蜕变成了自我觉醒、追求独立的成熟女性。尽管这个过程伴随着痛苦、悔恨，但是正因为这一变化，体现出了卫女在面对爱情破灭时的理智和超越她自身时代的独立意识，当她决定嫁给氓时，就算"子无良媒"，她也义无反顾，因为她爱他。当她知道爱人远去，她没有撒泼刁弄、鱼死网破，而是用冷静和理智画上了句号。

《氓》的故事如今登上了高中语文教材，在和卫女一样的年纪，孩子们应该如何看待爱情与婚姻？我们能从《氓》中得到什么启示？

爱情来的时候如洪水猛兽，挡也挡不住，卫女无疑是敢爱敢恨的。但爱情是一场势均力敌的游戏，婚姻是搭伙吃饭的平衡。他们的婚姻从一开始就不平等、不理性。在氓笑嘻嘻地向卫女求婚时，他是否真正规划好了自己与卫女今后的生活？在卫女承诺"将子无怒，秋以为期"时，她是否已经过深思熟虑？当她面对复关"泣涕涟涟"和"载笑载言"时，她是否真正察识了氓的人品？卫女为了这份爱情一直在妥协，那这份妥协的爱情又能维系多久呢？

纳兰性德说："人生若只如初见，何事秋风悲画扇。"婚姻是从爱情的初见走向相濡以沫的一生，诚如四季的桑树，它会随着季节的改变而繁盛或衰落，如何维系？很多人说爱情只有转变成亲情才更为牢靠和持久，爱情最终会随着时间沉淀和

心

经

升华。

爱情真的会随着时间改变而更加牢靠吗？以《氓》为例，他们结为夫妻，本应有很好的感情基础和长时间相知而积累起来的信任。但是，这些因素在婚姻中并没有起到积极作用。相反，随着时间的推移，氓的心意已经改变了。人老珠黄的卫女只能眼睁睁地看着自己的心上人渐行渐远。韩非子曾言："夫妻者，非有骨肉之恩也，爱则亲，不爱则疏。丈夫年五十而好色未解也，妇人年三十而美色衰也。以衰美之妇人事好色之丈夫，则身见疏贱。"（《韩非子·备内》）女子的优势随年龄增长而逐渐丧失，男子却恰相反，这使得两性在婚姻天平上此消彼长。夫妻为人伦之始，它却建立在如此脆弱的基础上——爱，爱随时消失。当爱消失，悲剧往往在此时发生。

人的一生，陪伴最久的就是自己，为爱不顾一切只是在头脑发晕之后的愚蠢决定。实际上，人类的本能是更爱自己。卫女及时止损的决定当然还是来自不想让自己沉溺于痛苦中的自救。爱人可以依靠，但不能依附；可以深情，但不能失去自我。《氓》给我们上了一堂关于爱情与婚姻的课，让我们对爱情永怀敬畏，让我们珍视爱人，更珍爱自己。

最美爱情：

一屋二人三餐四季

　　《诗经》中有描写爱情的诗歌近四分之一，唱尽了爱情的各种模样，有不期而遇、命中注定——"有美一人，清扬婉兮。邂逅相遇，适我愿兮"（《郑风·野有蔓草》）；有初恋娇羞、满眼可爱——"爱而不见，搔首踟蹰"（《邶风·静女》）；有望眼欲穿、思念难耐——"青青子衿，悠悠我心。一日不见，如三月兮"（《郑风·子衿》）；有天高水长、一诺终生——"'死生契阔'，与子成说。执子之手，与子偕老"（《邶风·击鼓》）。然而每每读到《女曰鸡鸣》，便会哑然失笑，三千年前的一对小夫妻，晨起的对话，虽没有山盟海誓，却浸淫着柴米油盐的笃定与真实，细腻地表现了平凡之家"一屋二人三餐四季"平淡隽永的婚后生活。

　　　女曰："鸡鸣。"士曰："昧旦。""子兴视夜，明星有烂。""将翱将翔，弋凫与雁。"

"弋言加之，与子宜之。宜言饮酒，与子偕老。琴瑟在御，莫不静好。"

"知子之来之，杂佩以赠之。知子之顺之，杂佩以问之。知子之好之，杂佩以报之。"

——《郑风·女曰鸡鸣》

全诗如同一幕生活的短剧，第一幕，清晨公鸡已经叫了三遍，勤勉的妻子准备起身开始一天的劳作，她对丈夫说："鸡打鸣了。"丈夫还在睡意蒙眬中，有些不快地回答说："天还没亮呢。"他怕妻子唠叨，便辩解地补充说道："不信你推窗看看天上，满天明星还闪着亮光。"妻子是执拗的，她想到丈夫是家庭生活的支柱，便提醒丈夫担负的生活职责："宿巢的鸟雀将要满天飞翔了，整理好你的弓箭该去芦苇荡射下野鸭和大雁了。""弋"就是"射"之意。口气是坚决的，话语却仍是柔顺的。

男子终于在妻子的催促声中动身收拾好行头，迎着晨光出门打猎，妻子面对临行的丈夫说："你射中了猎物，剩下的就交给我来烹制了。""宜"为佳肴之意，这捕获的猎物也许并不是指鸟兽本身，而是说丈夫工作回来取得的劳动成果、奔波的劳累、一天的得失。他们在餐桌上细细分享一天的心得，丈夫吃着妻子精心准备的晚餐，两人在满足与感恩中结束每一天。

"把酒言欢，有酒有肉的日子，我们一直相守下去。"最后还来一句抒情："琴瑟在御，莫不静好。"琴和瑟都是古时弹弦类的乐器，琴就是古琴，以单音表现乐曲的旋律；瑟则数十根弦，形制较大，以和弦配合乐曲的节奏，双方都起到烘云托月的效果，所以人们常用"琴瑟和谐"来描绘和谐默契的夫妇之道。

最后一幕，丈夫能有如此勤勉贤惠、体贴温情的妻子，充满幸福感和满足感。紧接着出现一个热烈的赠佩表爱场面，就在情理之中。丈夫这一赠佩表爱的举动，既出于诗人的艺术想象，也是诗歌情境的逻辑必然。深感妻子对自己的"来之""顺之"与"好之"，便解下杂佩"赠之""问之"与"报之"。一唱三叹，意味深长。至此，这幕情意融融的生活小剧也达到了艺术的高潮。

短短一首诗，对话由短而长，节奏由慢而快，情感由平静而热烈，大清早被人催促起床本身是一件让人恼怒之事，但是这位聪明的妻子把这件要挨骂的事情，说得委婉而得体，深情中夹杂着俏皮，哄劝中带着甜腻，不仅没挨骂，还得到了一块杂佩。杂佩并不是普通的玉饰，而是由"珩、璜、琚、瑀、冲牙"组成的珍贵玉饰，是男子的私物。其实丈夫给她的也许并不是简简单单一个玉饰，而是象征着丈夫愿意把他的一切都给她。

在恋爱之时，男子会用各种礼物哄女孩开心，但是婚后依然有维系关系的念想，这基于双方对彼此的一份爱。家庭生活首先要谋生，所以丈夫才会每天早早地出门打猎维持生计。在满足生存的基本要求以后又要谋爱，妻子会在丈夫偷懒赖床的早晨委婉相劝，在晚上却又用美味晚餐作为对丈夫一天劳动成果的肯定。而丈夫也非常体谅妻子用心操持家务的艰辛，便把自己的杂佩送给了她。这是双向奔赴的爱情，平等的相处模式让他们能够更加相互理解、支持，并努力维系这份感情，而非获得后就认为理所当然。

生活是粗粝的，它能打磨掉人的光彩，包括美好的爱情，并非所有的夫妻都能一路走上如此和美之境。所谓"情深不寿"，多少爱情像极了爆竹，"噼啪"一阵爆响过后，便只剩下满地碎屑，最后有了不得不用扫帚清理的不堪。无数的文学作品描摹了恋爱绽放时的样子，但是进入婚姻之后呢？王子和公主过上了幸福生活之后的省略号后是什么？我们常说婚姻是爱情的坟墓，但诗中的夫妻告诉我们，婚姻其实就是给了爱情一个归宿，使恋人有了个家，双方在柴米油盐中经营家庭，巩固爱情。

这首诗歌总能让我想起杨绛和钱锺书先生的故事，一见钟情之后闪婚。每个人都有弱点，钱锺书的自理能力极差，他不会做家务，还经常给杨绛惹麻烦。而杨绛也不是天生的厨娘，但为了在异乡陪读，她宁愿"卷袖围裙为口忙，朝朝洗手做羹汤"。钱锺书想吃红烧肉，杨绛学着做红烧肉，一遍遍试验，并自嘲"自理伙食也是冒险，吃上红烧肉就是冒险成功"。杨绛生下女儿，坐月子期间，钱锺书坚持要亲自伺候杨绛。他学会了第一次用火柴，并给杨绛端上了一锅鸡汤，还贴心地在里面放着杨绛最爱吃的黄豆。爱情里最美的姿态不是仰起高傲的头，而是愿意为对方弯下自己的腰。我原本什么都不会做，为了你，我才无所不能。

如何维系爱情？这首诗歌也给出了方向：爱是两个人的努力，不是一个人的委曲求全，爱是一个动词，不是一个名词，是付出给予，相互支撑，共同成长，是需要学习的能力，学习各自承担责任，以及如何爱自己、爱对方。

如果说《郑风·女曰鸡鸣》写的是平民婚姻生活的清晨，那么在《诗经》中，也有一诗歌写贵族夫妻晨起的故事，同样意趣横生。

鸡既鸣矣，朝既盈矣。匪鸡则鸣，苍蝇之声。

东方明矣，朝既昌矣。匪东方则明，月出之光。

虫飞薨薨，甘与子同梦。会且归矣，无庶予子憎。

——《齐风·鸡鸣》

　　全诗也是夫妻的对白，妻子催促说："公鸡已经打鸣了，上朝的官员都已到了。"丈夫回说："那不是鸡鸣，是苍蝇嗡嗡声。"过了一会儿，妻子又说："东方已经天亮了，上朝的官员已经满堂了。"丈夫回应："那东方的亮光是月亮的光芒。"接着他又说："虫子飞来嗡嗡响，我只想和你同入梦乡。"妻子无奈说："早会都已经散了，希望不要让别人指摘于你，也指摘于我。"

　　春秋时期，鸡鸣即起国君上朝，卿大夫则提前入朝侍君。《左传·宣公二年》载赵盾"盛服将朝，尚早，坐而假寐"。鸡鸣相当于十二个时辰的第二个时辰，与四更相对应。半夜就要起来上朝，对于贵族大夫来说，确实劳碌伤神。大夫们显然有些顶不住了，他们并非听觉失灵，对于妻子的催促净说些傻话、疯话，而是有些耍赖无理，叫人忍俊不禁，贪恋衾枕，缠绵难舍，想与妻子同入梦乡，更显出夫妻生活间的真情趣。

　　而妻子则愈催愈紧，最后一句"无庶予子憎"已微有嗔意，丈夫能不能兢兢业业，做好工作，关系到一家的饭碗。好男人是好妻子塑造出来的，不能让你因为迟到令别人恨我，这种心态影响至今。直到现在，女性的品性依然是一个家庭的精神家底。女性勤勉积极向上，这个家庭就不会太糟糕。

心

经

爱是一个动词，不是名词，是相互支撑，
共同成长，是需要学习的能力，以及各自承
担的责任。能使你充盈的，是"爱"而非"被爱"。

两首劝早的诗歌，一个温婉，一个调皮，他们的对话谈不上有什么诗味妙语，不同的风格，却因其真情质朴才叫人会心发笑。清代姚际恒《诗经通论》谈到《鸡鸣》时说："真情实境，写来活现。""愚谓此诗妙处须于句外求之。"这也需要感谢当时的采诗官对于不同地域风俗的尊重和还原，正是他们手下留"情"，才得以看见三千年前的先人与如今的我们，精神世界并无二致。世界很大，我们经常向往诗和远方，但最后发现人是如此孤独，我们的一生仿佛都在寻求一个灵魂意义上的伴侣。而爱，就在平凡的一屋二人三餐四季里，始于颜值，敬于才华，合于性格，久于善良，终于人品。这样的爱，给人安心慰藉，所以历久弥新。

心
经

悲剧之美：把美好的东西撕碎给人看

在中国的古典文学中，从来不乏对于美女的描述：是李延年的"北方有佳人，绝世而独立。一顾倾人城，再顾倾人国"，也是白居易的"回眸一笑百媚生，六宫粉黛无颜色"；是曹植的"翩若惊鸿，宛若游龙。荣曜秋菊，华茂春松"，也是曹雪芹的"两弯似蹙非蹙罥烟眉，一双似泣非泣含露目。闲静时如姣花照水，行动处似弱柳扶风"。诗人笔下的佳人风姿绰约，似乎都逃不过一个人的影子——庄姜。2700多年时光漫步，后世的文人都循着她的容貌和仪态展开对于女性的描摹。

庄姜是谁？朱熹认为她是中国历史上第一位女诗人，而历史中的庄姜是春秋时齐国实打实的公主，姜是齐国国君的姓。众所周知，齐国是周朝开国功臣姜子牙的封地，春秋初期，齐桓公靠着管仲率先称霸，由此也开启了春秋争霸的时代。因为嫁给了卫国国君卫庄公，人称庄姜。《诗经》里描写庄姜的《硕

栖于桑林

人》，被誉为汉语中描写美女的开山之作和标杆之作，出自卫国民众之口。清初学者姚际恒在《诗经通论》中称"千古颂美人者，无出其右，是为绝唱"，清末学者方玉润在《诗经原始》中也说："千古颂美人者，无出'巧笑倩兮，美目盼兮'二语。"

是什么样的女子，让卫国民众念兹在兹，且看《硕人》的诗句：

> 硕人其颀，衣锦褧衣。齐侯之子，卫侯之妻，东宫之妹，邢侯之姨，谭公维私。
>
> 手如柔荑，肤如凝脂，领如蝤蛴，齿如瓠犀，螓首蛾眉。巧笑倩兮，美目盼兮。
>
> 硕人敖敖，说于农郊。四牡有骄，朱幩镳镳，翟茀以朝。大夫夙退，无使君劳。
>
> 河水洋洋，北流活活。施罛濊濊，鳣鲔发发，葭菼揭揭。庶姜孽孽，庶士有朅。

开篇的头一句即言"硕人其颀"，描绘了出嫁途中的庄姜给人的第一印象：身材高大健美。麻纱罩衫锦绣裳，这是谁家的女孩如此美丽？"齐侯之子，卫侯之妻。东宫之妹，邢侯之姨，谭公维私。"这五句诗罗列强调了新娘的身份，她是齐庄公的女儿，要嫁到卫国去，做卫庄公的妻子。一句"东宫之妹"，点明了庄姜跟齐国太子是一母所生，凸显了她尊贵的身份。她还是邢侯的小姨子，谭公是她妹婿。在先秦时期，女性地位低下，史书上不屑于记载女性的名字，只能用一些称号来指代。《诗经》中有众多关于女性的诗歌，几乎无名无姓，庄姜是屈指可数有

心

经

129

　　《诗经》中比喻美人的手法众多，除了
花之外，太阳亦可。比如《齐风·东方之日》
中的"东方之日兮，彼姝者子"，意指姑娘
颜色盛美，如东方之日。后来，曹植在《洛
神赋》中也说洛神"皎若太阳升朝霞"。

栖于桑林

131

出处的那个。

春秋时代，诸侯国的联姻大部分都是建立在利益的基础之上。而众多诸侯国国君，都热衷于迎娶齐国的公主作为自己的妻子，比如齐僖公的女儿宣姜（庄姜的侄女）嫁给了卫宣公，他的另一个女儿文姜嫁给了鲁桓公。晋文公在流亡期间，也娶了一位齐国的公主，即齐姜。地位最尊贵的当数邑姜，她是姜太公姜尚的女儿，嫁给了周武王，生下了周成王、唐叔虞。连《诗经·陈风·衡门》也有"岂其取妻，必齐之姜"一说。

为何都偏爱齐国公主？"同姓不婚"是古代婚姻严格的规矩，《左传》中就有记载"男女辨姓，礼之大司也"。周武王伐纣，建立周朝政权，实行的是分封制，将大部分土地分封给王室子弟、功臣以及先代的贵族。诸侯国的国君大多数都是周武王的同族，同属姬姓。既然同姓不婚，那么这些姬姓诸侯国，比如鲁国、卫国只能同齐国通婚。周朝是个非常鲜明的等级社会，按照社会地位从上到下，可以分为天子、诸侯、卿大夫、士、农、工、商以及奴隶。诸侯也有不同的爵位，分别是公、侯、伯、子、男。除了宋国是公爵外，其他大部分国家都是侯爵，或者是伯爵，还有少量子爵、男爵。其中齐国是侯爵，与他通婚最多的鲁国、卫国也是侯爵，双方的门第相同。这些姬姓诸侯国不能相互通婚，同时又要考虑门户、地位的关系。而齐国的首任国君是姜太公，他的女儿是周武王的妻子，地位显赫。在这种情况下，姬姓诸侯国就长期与齐国通婚，所以齐国的公主就嫁到了这些国家。

作为姜太公的封国，齐国自始至终都以强盛的姿态屹立东方。到了春秋初期，由于齐桓公的崛起，齐国更是成了举世公认的老大哥，谁都想背靠这棵大树。所以，加上齐国公主容貌美丽，自然而然成了各国诸侯争相求娶的首选对象。

卫国处于齐国和晋国两个超级大国之间，身边还有郑、鲁等强国环伺。如此艰难的情况下，要想在乱世中生存，就得找个靠山，不然说不定哪天就被人给兼并了。当时卫国的国君卫庄公，便将视线瞄向了国力正盛的齐国，于是便派人前去求婚。齐庄公为了控制卫国，进一步扩大自己的影响力，就决定从自己的女儿中选出一人，嫁给卫庄公做妻子。这显然就是一场政治联姻，没有人关心还是豆蔻少女的庄姜是否愿意远嫁卫国，而庄姜显然也接受了这一命运的安排。

接下来的第二章堪称永恒地定格了中国古典美人的曼妙姿容，历来备受推崇。"柔荑"是茅草的花，色白，长条状，比较柔软，庄姜的双手像初春的嫩芽一样鲜嫩柔软；"凝脂"指凝结的脂肪，细腻、润滑、有光泽，庄姜的皮肤是如此细腻光滑；"蝤蛴"，天牛的幼虫，体长而白嫩，用来比喻庄姜修长而白净的脖颈；"瓠犀"类似现在的葫芦籽，用来比喻庄姜的牙齿洁白整齐；"螓"，类似小小的蝉，额头方正宽广，庄姜的额头像螓一样方正光洁；"蛾"，有一对浓密而微弯的触须，用来比喻庄姜的秀眉像飞蛾的触须又密又弯。尽管中国历代对于美女的审美标准不断发生变化，环肥燕瘦，不一而论，但从这六个比喻中刻画出庄姜纯真而自然的美，放在任何时代都是令人瞩目的。

然而更传神的是后面八字"巧笑倩兮，美目盼兮"，如果说前面的句子都是写美之形，这句无疑为美赋予了神韵，在顾盼生姿、嫣然一笑间气韵生动，性灵毕现，美人不再是美的躯体，更有美的神气，让观者久久难以忘怀，也激活了后人对于美的想象。

第三章写她出嫁到卫国时礼仪之盛。"硕人敖敖,说于农郊",国君的婚礼自然需要大排场, "四牡有骄,朱幩镳镳,翟茀以朝"。庄姜坐上了四匹马的豪华婚车,马儿被红绸缎缠绕装饰,根据当时的礼制, "翟"是王后这些贵重身份乘坐的,卫国国君如此重视迎亲,也显示了庄姜身份的显赫,诗中并未写卫国如何来迎亲,却写臣子们早早就退朝了,后面还特意加了一句"无使君劳",让庄公好好休息,不要劳累,再联系结尾的鳣鱼鲔鱼,暗示着卫国人祝福庄公夫妇有鱼水之欢。

最后一章七句连续六句用了叠字。那洋洋洒洒的黄河之水,浩浩荡荡北流入海;那撒网入水的哗哗声,那鱼尾击水的"唰唰"声,以及河岸绵密、茂盛的芦苇荻草,这些壮美鲜丽的自然景象,都意在引出"庶姜孽孽,庶士有朅"——那人数众多声势浩大的陪嫁队伍,那些男傧女侣,他们像庄姜本人一样,皆修长俊美。从华贵的身世到隆重的仪仗,从人事场面到自然景观,无不或明或暗、或隐或显、或直接或间接地衬托着庄姜的天生丽质和身份显赫,也描绘了一副充满生机活力的情境,表达了卫国上下对齐卫联姻的赞美,以及对卫国国君和庄姜婚姻的美好祝福。

沿着故事的发展,结尾该是"才子佳人,琴瑟在御,白头偕老",可历史的真实往往让人大跌眼镜。《左传·隐公三年》记载了庄姜"美而无子",贤德贞淑。《毛诗序》的阐释更具体:"《硕人》,闵庄姜也。庄公惑于嬖妾,使骄上僭,庄姜贤而不答,终以无子,国人闵而忧之。"原来在这完美的婚礼仪式之前,卫庄公早有心上人。

万人期盼着美丽高贵的国母庄姜能够为卫国王室开枝散叶、诞育子嗣，而庄姜成婚3年都始终没有所出，不但令卫国子民悯而忧之，就连卫国国君卫庄公都觉得庄姜开始逐渐黯然失色，对她失去了往日的兴致和耐心。

　　男女之爱，本无理由，只是相互的迷惑，庄公惑于嬖妾，两人恩爱，育有一子州吁。在丈夫的眼中，庄姜不过是政治筹码，有时甚至是取乐的玩物。她没有得到爱情的甜蜜和夫妻彼此的尊重，反而是日复一日的冷漠。这是个从一开始就有隐患的婚姻，庄姜却始终宽厚、贤德，不指责、不抱怨，"贤而不答，终以无子，国人闵而忧之"。庄姜包容了卫庄公，但以她的身份家世，不愿谄媚于庄公，不愿意"惑"于丈夫，以致终身独居，没有生育，整个卫国都为庄姜感到不平。这短短数字，包含了一个女人一生的眼泪。

　　没有爱的婚姻，只是一床光彩夺目的锦缎被子，叠起来放在床上，给别人看。那如葫芦籽般整齐而洁白的牙齿，咀嚼过多少寂寞？而黑白分明的美目，是否掠过一丝惶恐？但又能如何，她并没有选择如爽剧里的大女主，开启复仇计划，打破无边的黑夜，而是日复一日在凝望黄昏中逐渐凋零。

　　更可悲的是，为了留有继承人，卫庄公又娶了陈国君主的两个女儿为妃：大女儿厉妫，小女儿戴妫。卫庄公对这对姐妹花深爱有加，这使得她们并不把庄姜这个失宠的正妻放在眼中。看着自己的夫君与别的女子日夜笙歌，庄姜伤心不已，但是她不是善妒之人，她不会反抗，只好将自己的悲伤寄托在诗歌之中。后来，厉妫因为难产去世了，戴妫则为卫庄公生两个孩子——公子完和公子晋。历史中有很多国母王后，喜欢威逼利诱、夺取妃妾之子来自己抚养，以此作为立身之本，但庄姜并没有这样做。

戴妫早逝，卫庄公才命贤淑的庄姜收养公子完，立为太子。庄姜将其视为己出，非常疼爱。而卫庄公与宠妾所生子州吁，生性暴戾好武，善于谈兵，深得庄公宠爱，任其所为。公元前735年，卫庄公去世，太子完继位，是为卫桓公。公元前733年，卫桓公因弟州吁骄横奢侈，便罢免其职务，州吁逃离卫国。公元前719年，州吁聚集卫国流民弑杀卫桓公，自立为君，史称卫前废公。卫桓公成为春秋时期第一位遭到弑杀的国君，从此弑君成为惯例。不久，卫国大臣石碏大义灭亲，联合陈桓公诛杀州吁，拥立卫桓公的弟弟公子晋继位，是为卫宣公。

在这连环的宫廷谋杀中，庄姜因为自己父兄势力的威望，才得以存活，国母的地位未被罢免，但遭遇如此变故，她已看尽人间悲凉，本期待能倚靠抚养的卫桓公安度晚年，但最后孤独得如同一叶漂荡于水中的舟楫，从此消失在历史中。

根据朱熹考证，《诗经》中有五首诗乃是出自庄姜之手：《燕燕》《终风》《柏舟》《绿衣》和《日月》。其中最有名的当数《燕燕》："燕燕于飞，差池其羽。之子于归，远送于野。瞻望弗及，泣涕如雨。燕燕于飞，颉之颃之。之子于归，远于将之。瞻望弗及，伫立以泣。燕燕于飞，下上其音。之子于归，远送于南。瞻望弗及，实劳我心。仲氏任只，其心塞渊。终温且惠，淑慎其身。先君之思，以勖寡人。"

此诗也被清朝诗人王士禛认为是"万古送别诗之祖"。也有人推测，这首《燕燕》并非庄姜所作，古代男子多为女子代言，因此很有可能出自男性之手。至于真相如何，我们不得而

　　美是一种稀缺资源。鲁迅先生说："悲剧
就是把美好的东西撕碎给人看。"

知。我们唯一能够知道的是，从那场流传千古的婚姻开始，"巧笑倩兮，美目盼兮"的庄姜，面对命运的波涛汹涌，始终持有坚韧与从容："我心匪石，不可转也。我心匪席，不可卷也。威仪棣棣，不可选也。"（《柏舟》）

鲁迅先生说："悲剧就是把美好的东西撕碎给人看。"有多少人经历了生活的锤打，被撕碎后还能对自己坚定地说："我心并非卵石圆，不能随便来滚转；我心并非草席软，不能任意来翻卷。雍容娴雅有威仪，不能屈挠退让任欺凌。"

　　《诗经》中出现频率最高的几样植物，分别是桑、黍、粟、棘、麦、葛，其中桑、麦、葛就是我们如今的桑树、小麦、葛，那么黍、粟、棘分别是什么？棘，大家可能会猜想是荆棘，矮小有刺的灌木，但《魏风·园有桃》中写道"园有棘，其实之食"，《秦风·黄鸟》也写道"交交黄鸟，止于棘"，在《说文》中记载"棘，小枣丛生者"。由此可见，棘在春秋时代指一种果树，算是酸枣树。粟，脱壳后就是我们现在吃的小米。那么黍是什么？它被称为五谷之一，俗称大黄米，在北方地区，黍如今被称为"糜子"，有点类似高粱，但其成熟后有低垂粗大的谷穗，因为耐寒耐瘠，在中国拥有漫长的栽培历史。据说在唐朝之前，黍是中国人最重要的主食。

　　黍在《诗经》中出现过 17 篇，赫赫有名的《硕鼠》里就有"硕鼠硕鼠，无食我黍"，但最著名的还是那首《王风·黍离》：

心
经

139

彼黍离离，彼稷之苗。行迈靡靡，中心摇摇。知我者，谓我心忧；不知我者，谓我何求。悠悠苍天，此何人哉？

彼黍离离，彼稷之穗。行迈靡靡，中心如醉。知我者，谓我心忧；不知我者，谓我何求。悠悠苍天，此何人哉！

彼黍离离，彼稷之实。行迈靡靡，中心如噎。知我者，谓我心忧；不知我者，谓我何求。悠悠苍天，此何人哉？

《黍离》是《王风》的第一篇，"王"指王都。周平王迁都洛邑（今河南的洛阳、孟州、巩义一带）后，王室衰微，天子位同列国诸侯，其地产生的诗歌便被称为"王风"。"王风"共十篇，多乱离之作。《黍离》一诗记录的就是东迁后，周大夫经过西周的故都，目睹宗庙尽毁，长满了黍和稷，哀叹周室之颠覆，彷徨不忍离去，而作此诗。

在这首诗歌里，出现了"黍"和"稷"两种植物，"稷"又是什么？古人把国家称为"江山社稷"，可见社和稷都无比重要。社代表土地，稷代表五谷，但在春秋时期，它又是什么粮食？李时珍在《本草纲目》里说："稷与黍，一类二种也，黏者为黍，不黏者为稷。稷可做饭，黍可酿酒。"在春秋战国时期，汉民族主要生活在黄河流域，但后来随着经济重心南下，生活在江南的人们，对于在黄河流域广泛种植的"黍"和"稷"渐渐陌生了。

"看那茂密的黍谷啊，绿油油的稷苗，无尽的悲伤涌上心头，迟迟无法迈开远行的步伐，知我者，谓我心忧，不知我者，谓我何求，苍天啊，是谁害我离家出走。"而在第二章、第三章中，景物变了，黍、稷结穗了，长出了小米，从自然的角度而言，

这是黍、稷成熟演变的过程。由成长而成熟，诗人的情感也同样呈递进发展，由前述的心神不定——"摇摇"，变成迷糊——"如醉"，而最后至于哽咽——"如噎"。清代方玉润在《诗经原始》里说："三章只换六字，而一往情深，低回无限。此专以描摹虚神擅长，凭吊诗中绝唱也。"

诗人故都重游，熟悉的地方已没有了昔日的城阙宫殿，也没有了都市的繁盛荣华，只有一片郁茂的黍苗尽情地疯长，也许偶尔还传来一两声野雉的哀鸣。他不可能在此守着黍、稷的成长和结果，但他遥想着时光漫步，从春到秋，这片他曾经生活过的土地，未来也将会是这副模样，他将永远和他的故土作别了。此情此景，令诗人不禁悲从中来，在一次次反复中加深了沉郁之气，痛定思痛之后涕泪满衫。

由写景至抒情，这是《诗经》常用的比兴艺术手法，其意即在于烘托出诗人内心的情感体验，让黍这种最普通不过的粮食也染上了悲情，"黍离之悲"也成为后世不断被人抒发的议题。文人写咏时怀古诗，也往往沿袭这首诗的韵调。

在曹植的《情诗》里："微阴翳阳景，清风飘我衣。游鱼潜渌水，翔鸟薄天飞。眇眇客行士，徭役不得归。始出严霜结，今来白露晞。游者叹黍离，处者歌式微。慷慨对嘉宾，凄怆内伤悲。"全都是《诗经》中诗歌的影子，"始出严霜结，今来白露晞"与"昔我往矣，杨柳依依。今我来思，雨雪霏霏"（《诗经·小雅·采薇》）无论从意境还是结构都一脉相承，启程的时候严霜冻结，如今归来，白露已晞。而"游者叹黍离，处者歌式微"里的"黍离"就指本篇，"式微"指《诗经·邶风·式微》篇。"式微，式微！胡不归？微君之故，胡为乎中露！"

诗歌触景生情，充满了对劳苦大众浓重的悲悯色彩。

在魏晋文人向秀的《思旧赋》里也有"黍离"："瞻旷野之萧条兮，息余驾乎城隅。践二子之遗迹兮，历穷巷之空庐。叹黍离之愍周兮，悲麦秀于殷墟。惟古昔以怀今兮，心徘徊以踌躇。栋宇存而弗毁兮，形神逝其焉如。"举目看到萧条的旷野，在城脚下停下我的车舆。重履二人留下的遗迹，经过深巷中的空屋。感叹《黍离》的歌声深切地哀悯西周的宗庙，悲伤《麦秀》的调子飘荡在殷朝的废墟上。因为抚摸到古老的哀愁而怀念故去的人，我的心徘徊而踌躇。梁栋屋宇都历历存在而没有丝毫损毁，故人的形容和精神已远逝不知所去。这首诗歌是向秀为怀念故人嵇康和吕安所作，字里行间，情真语切，悲愤交加，除了对亡友的沉痛悼念之外，对当时黑暗政治难以明言的悲愤也流露其中。

而后刘禹锡的《乌衣巷》，也是诗人凭吊过往的作品，东晋时南京秦淮河上朱雀桥和南岸的乌衣巷繁华鼎盛，而今野草丛生，荒凉残照。沧海桑田，人生多变。现实与历史的反差，无不体现着《王风·黍离》的风神意蕴，而"黍离"一词也成了历代文人感叹亡国触景生情常用的典故。

背井离乡，时光流逝，物是人非，中国人自古有着浓厚的故土情结，如果不是生活所迫，没有人愿意离乡漂泊。就算是离开了，也希望它繁荣富饶，而非凋零沉寂。回到现代社会，人口的流动亦是如此。当年的打拼是为了荣归故里，但多年后，你并没有实现扬名立万的理想抱负，也回不去你曾经魂牵梦绕的故乡，因为故乡已不是你心中的模样。你不再是故乡人，也不可能成为此乡人，你踩在边缘，两处不挨，尤为痛苦。

痛苦也就罢了，令人不堪承受的是这种忧思不能被理解，"知我者，谓我心忧；不知我者，谓我何求"。这种悲哀诉诸人间是难得回应的，只能叩问苍天："悠悠苍天，此何人哉？"这一切究竟是什么造成的？为什么要离开？为什么回不去？为什么它变了？为什么时代也变了？一个孤独的思想者，面对充满生机的大自然，却无法把握自己的命运，对于家国、百姓前途充满无限忧思，这种忧思只有"知我者"才会理解，可这"知我者"是什么样的人啊？他又在哪里呢？

栖于桑林

君子如竹：

谦谦君子世无双

　　《诗经》作为六经之首，确定了中国人的审美范式。如果说《卫风·硕人》以"巧笑倩兮""美目盼兮"奠定了后世人对于美人的认知，那么《卫风·淇奥》则为"君子"做了定义。

　　什么是君子？对"君子"一词的具体说明，始于孔子。在《论语》中有一百多处谈到君子，孔子言："君子有九思：视思明，听思聪，色思温，貌思恭，言思忠，事思敬，疑思问，忿思难，见得思义。"如此描述，君子是一个可望而不可即的概念，而《卫风·淇奥》似乎是君子的某种注释，让君子有了具体的形象。每章均以"绿竹"起兴，借绿竹的挺拔、青翠来赞颂君子的高风亮节，开创了中国文学史上以竹喻人的先河，使中国的君子从诞生之日起便多了云与风般的写意。

　　　瞻彼淇奥，绿竹猗猗。有匪君子，如切如磋，如琢如磨。

　　瑟兮僩兮，赫兮咺兮。有匪君子，终不可谖兮。

瞻彼淇奥，绿竹青青。有匪君子，充耳琇莹，会弁如星。
瑟兮僩兮，赫兮咺兮。有匪君子，终不可谖兮。

瞻彼淇奥，绿竹如箦。有匪君子，如金如锡，如圭如璧。
宽兮绰兮，猗重较兮。善戏谑兮，不为虐兮。

——《卫风·淇奥》

淇奥是指淇水弯曲的地方，在《诗经》中提到淇水的有 8 篇，淇水发源于山西省陵川县棋子山的淇河，一路向东南，进入平原地带，而卫、邶、鄘便在淇河中下游地区。

在大家的印象中，竹子是南方的植物，但在春秋时期，这是北方极为常见的植物。《淇奥》就对竹子的样貌做了描写，"绿竹猗猗""绿竹青青""绿竹如箦"都是写在淇水弯曲处绿竹郁郁葱葱的美好姿态。中国人的观念中，梅、兰、竹、菊都不是简单的植物，而是有其各自的隐喻，用竹子来比喻谦谦君子，也是从《淇奥》开始。

那么接下来的"君子"是否又有所指呢？《毛诗序》说："《淇奥》，美武公之德也。有文章，又能听其规谏，以礼自防，故能入相于周，美而作是诗也。"武公即卫武公，之前的文章提及，从西周末年开始，卫国无不充斥着如同卫宣公般父子反目、兄弟相残的故事，"卫之政，父不父，子不子"（苏轼语）。《淇奥》属于《卫风》中较早的篇章，时间在两周之交，卫武公继位后，施行先祖卫康叔的政令，使卫国百姓和睦安定。卫武公四十二年（公元前 771 年），犬戎攻打西周都城镐京（今陕西西安），杀死周幽王，就是烽火戏诸侯的那位。卫武公得知消息后，马上率领卫国的精兵强将，协助周幽王之子周平王平息犬戎叛乱，并辅佐周平王东迁洛邑（今河南洛阳），此为东周之始。周平王因卫武公功勋卓著，于是提升卫武公的爵位为公爵。

《国语·楚语》记载，卫武公九十五岁时，还告诫国人，说："从卿士到大夫，只要在朝中，不要嫌弃我老迈，必须恭敬从事，早晚帮助告诫我。哪怕听到一两句谏言，一定得记住，转达给我，来训导我。"因此，卫武公在车上有勇士的规谏，在朝廷则有法典，在几案旁有诵训官进谏，在寝室有近侍的箴言，处理政务有瞽史的引导，日常有乐师的诵诗。卫武公去世后，人们都称他为睿圣武公，作了《卫风·淇奥》这首诗来赞美他。

开篇第一章，"如切如磋，如琢如磨"，本来切、磋、琢、磨是四个不同的动词，在加工玉石象牙的过程中会采用这四道工艺，在这里描述了君子的工作能力强，文章学问好，行政处事能力优秀。第二章"充耳琇莹，会弁如星"写君子的外貌，美丽良玉垂耳边，宝石镶帽如星闪。弁，即帽子，是古代一种尊贵的冠，为男子穿礼服时所戴。吉礼之服用冕，通常礼服用弁。会弁，弁中之缝也，这些缝隙中镶嵌着各种玉石，闪烁如星，就说"会弁如星"，连冠服上的装饰品也是精美的。以外在的服饰之美衬托其内在的光耀，对于塑造一个高雅君子形象，是很重要的。第三章，写君子的品性"如金如锡，如圭如璧"，君子的品格如青铜器般精坚，玉礼器般庄严。"宽兮绰兮，猗重较兮。善戏谑兮，不为虐兮"是用于称赞君子的能言善辩。在春秋战国年间，各个诸侯国交往密切，出使他国也是考察君子重要的评判标准。机智敏捷，随机应变，善于辞令，应对自如，不失国体，不辱使命，这是对这个时代君子的要求，同样也是君子获得荣耀的方式。"善戏谑兮，不为虐兮"，这里说的是

心经

君子如竹，如果对照《诗经》和孔子的
标准，这世间还有君子吗？

卫武公在言谈举止之中不仅能够周旋得体，还不会失了分寸。

如此的铺垫，都是为了那一句："有匪君子，终不可谖兮。"谖，忘记。有如此的君子，一见就永远难忘了吧。从内心世界到外貌装饰，从内政公文到外事交涉，他都是当时典型的贤人良臣，获得人们的称颂，是必然的了。《卫风·淇奥》是以卫武公为原型创作的诗歌，称赞这位卫国的君王一生为国为民，兢兢业业，百采众谏，所以在他的统治之下国家才会安定，百姓才能够过上富足的生活，后来这首诗歌就成为君子的颂歌，"如切如磋，如琢如磨""善戏谑兮，不为虐兮"也成为后人称许君子品德和性格的词句。

如何能够成为世人眼中合格的君子呢？除了要仪表潇洒、相貌不俗，还需要举止沉稳、品行端正、心怀大义，更需要在处事上游刃有余、处变不惊，拥有了这样特点的人才是一位可亲却不可侵犯的翩翩君子。"君子"是孔子的理想化人格，以行仁、行义为己任。君子也尚勇，但勇的前提必须是仁义，是事业的正当性。君子处事要恰到好处，要做到中庸。

孔子所处的时代是一个"礼崩乐坏"的时代，社会秩序处于混乱状态。面对严重的社会危机，各家各派都在寻求医治社会弊病的良方。道家以无为而治为救世之方，墨家以兼爱非攻为平乱之术。以孔子为代表的儒家则认为，要维护社会秩序，必须恢复周王朝所建立的一整套礼仪规范，亦即"克己复礼"。如何"复礼"？当时诸侯割据，周天子的威仪已经丧失。于是孔子创造性地以"仁"释"礼"，认为"礼"本是根源于人的仁爱之心，不过是人的仁爱之心的外在表现。"仁"是孔子思想的核心，孔子的仁论是要靠君子论来实现的，仁论必然要指

心
经

向君子论。但是作为一个真正的君子，只有内在的品德还不够，还须有外在的文采。"仁"与"礼"的结合，为保证社会正常秩序奠定了基础，"仁"与"艺""乐"的结合，给个体生命带来了乐趣，也为个体精神家园的确立提供了可能。只有社会秩序与个体精神的安顿均得到比较好的解决，才能实现社会的长治久安。

如果按照《诗经》和孔子的标准，这世间还有君子吗？环顾四周，找不到答案。现代社会君子难见，"伪君子"和"真小人"却大把。在儒释道文化浸染千年之下，这个词似乎成为我们精神世界里孜孜以求的"白莲花"，我们用这个词约束着自己，鼓舞着自己，却发现难以到达。

栖于桑林

燕婉之求：

最隐晦辛辣的政治讽刺诗

《论语·阳货》言："诗，可以兴，可以观，可以群，可以怨。迩之事父，远之事君；多识于鸟兽草木之名。"在孔子的时代，《诗经》就像百科全书，学《诗》可以激发志气，唤起情志；可以观察天地万物及人间的盛衰与得失；可以与人交友，和而不流；可以使人懂得怎样去讽谏上级。近可以用来侍奉父母，远可以侍奉君主；还可以多知道一些鸟兽草木的名字。

说到"兴观群怨"中的"怨"，《诗经》中的讽刺诗，大约有三十首。例如讽刺横征暴敛的贪官污吏的《魏风·硕鼠》、讽刺尸位素餐官员的《召南·羔羊》，还有揭露和讽刺统治阶级淫乱丑行的《邶风·新台》。

说到《新台》，它或许是《诗经》中最隐晦却又最辛辣的政治讽刺诗了。

新台有泚，河水瀰瀰。燕婉之求，籧篨不鲜！

新台有洒，河水浼浼。燕婉之求，籧篨不殄！

鱼网之设，鸿则离之。燕婉之求，得此戚施！

　　诗歌很短，但有两个词"籧篨""戚施"不太好理解，"籧篨"指身体有残疾不能俯视的人，"戚施"则是蟾蜍的别名，指不能仰视之人。关于这两个词，《国语·晋语四》说："籧篨不可使俯，戚施不可使仰。"这两个复词所指的是不能如普通人随便俯仰的残疾人，今人理解，它相当于人患了不死的癌症——强直性脊柱炎，是一种风湿侵入脊柱的慢性炎症。由于当时医学所限，这类人在过去基本无法医治，大多为俳优，在宫廷里玩杂耍逗人乐。

　　"燕婉之求"，当然指男女之情，"不鲜""不殄"分别指不年轻、不饱满。是什么样的人被另一方如此指摘、奚落甚至谩骂成为"年老色衰的癞蛤蟆"？虽然那时候还没有"癞蛤蟆想吃天鹅肉"这句话，但这两句贬损似乎是从女性的口吻发出。

　　"新台有泚"，"泚"，乃光亮鲜明之意，那新台是什么？新台在哪里？我们知道历史上有许多著名的古台，如鹿台、灵台、凤凰台、铜雀台、琅玡台、幽州台等。这些古台往往是帝王游乐、举行盛大仪式的场所，它们大多具有历史纪念意义，或出自历史典故传说，或被写进诗歌，是融历史、文化、艺术研究为一体的建筑群落。比如商纣王所建的鹿台，地点在商都附近。周武王伐纣，在牧野发生大战。纣兵战败，商纣王回到沬邑（朝歌，河南淇县）鹿台，"蒙衣其珠玉，自燔于火而死"。再如铜雀台，三国时期，曹操击败袁绍后在邺都修建的铜雀、金虎、冰井三台，史称"邺城三台"，是建安文学的发祥地。台高10丈，有屋百余间，历代名人题咏甚多而名。还有凤凰台，李白一首"凤凰台上凤凰游，凤去台空江自流"的诗句，使其在历史中留下一席之地。

新台，它建成于什么年代？又是谁一手造就了它？它和癞蛤蟆之间有什么关系？

据北魏学者郦道元在《水经注》记载："河水又东，径邺城县北，故城在河南十八里。河之北岸有新台鸿基层，广高数丈，卫宣公所筑新台矣。"郦道元站在黄河岸边，看到的新台虽已经历一千多年，仍然"广高数丈"，判定这是卫宣公曾经筑起的高台，《毛诗序》在解析《新台》一诗时也表示："《新台》，刺卫宣公也，纳伋之妾，作新台于河上而要之，国人恶之，而作是诗也。"显然，后世的众多注解都把新台的主人清晰地指向了一个人——卫宣公（卫桓公的弟弟）。

卫宣公在位十九年毫无建树，太史公司马迁并未对其有过多记载，除了他"荒淫"的私生活。《史记·卫世家》里记载："十八年，初，宣公爱夫人夷姜，夷姜生伋，以为太子，而令右公子傅之。右公子为太子取齐女，未入室，而宣公见所欲为太子妇者好，悦而自取之，更为太子取他女。"

《左传·桓公十六年》也有着明确的记载："初，卫宣公烝于夷姜，生急子（伋子），属诸右公子。为之娶于齐，而美，公取之，生寿及朔，属寿于左公子。夷姜缢。宣姜与公子朔构急子。公使诸齐，使盗待诸莘，将杀之。寿子告之，使行。不可，曰：'弃父之命，恶用子矣！有无父之国则可也。'及行，饮以酒，寿子载其旌以先，盗杀之。急子至，曰：'我之求也。此何罪？

请杀我乎!'又杀之。二公子故怨惠公。"

《史记》与《左传》相互映照、补充,描述了这段看起来十分狗血的历史:卫宣公和父亲卫庄公的姬妾夷姜私通,生下儿子公子伋(一作急子),卫宣公便把公子伋托给右公子抚养。卫宣公很宠爱夷姜,因此将公子伋立为太子,并让右公子教导他。后来,右公子替太子伋迎娶齐国女子宣姜为妻,还未成婚,然而卫宣公见宣姜长得漂亮,便捷足先登,把她娶过来,并再替太子伋娶另外的女子。卫宣公得到宣姜后,宣姜生下两个儿子公子寿和公子朔,卫宣公让左公子教导他们。夷姜因此失宠,上吊自杀。夷姜死后,宣姜和公子朔一同诽谤太子伋。卫宣公自从夺娶宣姜后,心里开始厌恶太子伋,总想废掉他。当卫宣公听到说太子伋的坏话时,非常生气,于是交给太子伋白色的旄节,派太子伋出使齐国,指使强盗拦在卫国边境莘地等着,而告诉莘地的强盗,看见手拿白色旄节的人就杀掉他。太子伋将要动身时,公子寿知道公子朔仇恨太子伋,而卫宣公想杀掉太子伋,于是对太子伋说:"边境上的强盗看见你手中的白色旄节,就会杀死你,你可不要前去。"并让太子伋赶快逃走。太子伋不同意说:"不能违背父亲的命令而求生,所以只能逃去没有父亲的国家。"等到太子伋临走时,公子寿用酒把太子伋灌醉,然后偷走太子伋的白色旄节。公子寿车上插着白色旄节奔驰到莘地,莘地的强盗看见来人果真手持白色旄节,就杀死公子寿。公子寿死后,醒来的太子伋赶到,对强盗说:"应该杀掉的是我。他有什么罪?请杀死我吧!"强盗一并杀掉太子伋,然后报告卫宣公。卫宣公后来立公子朔为太子,也就是后来的卫惠公。

卫宣公为人父、为人君，竟厚颜无耻地夺子之妻据为己有，并心恶太子，甚至对太子下毒手。太子伋面对亲生父亲的一系列恶行劣迹，毫无违逆之心、抗争之意，竟至自投罗网，束手就擒，成为刀下鬼。而太子伋异母弟公子寿在劝告、阻止太子伋无济于事后，竟替兄赴死。西周的至善与至恶都在这里体现：君王全权在握时，就会毫无顾忌地为所欲为，甚至丧心病狂。而西周尚礼之遗风让人在忠孝的枷锁下致于愚昧混沌，唯有公子寿的壮烈行为犹如一道闪电，划破充满父子相杀、兄弟相灭的腥风血雨的夜空。他似乎在用自己的牺牲告诉世人：人要像个人！

卫国是周初姬姓封国，其封地在今河南北部殷墟一带。周公担心亲弟弟康叔年少，对付不了这一带复杂的形势，乃作《康诰》等谆谆教导，使殷朝遗民以后再无造反之迹。司马迁的《史记·卷三十七·卫康叔世家第七》记录着卫国从建立到灭亡的整个历史，从西周末年开始，卫国无不充斥着如同卫宣公般父子反目、兄弟相残的故事。贵族内部权力斗争迭起，加上齐、晋大国的干预，卫国变得更加不稳定和脆弱，进入战国，地位一降再降，最终灭亡于秦国。对于卫国的兴衰，太史公颇为感慨："余读世家言，至于宣公之太子以妇见诛，弟寿争死以相让，此与晋太子申生不敢明骊姬之过同，俱恶伤父之志。然卒死亡，何其悲也！或父子相杀，兄弟相灭，亦独何哉？"而苏轼也曾经说过："卫之政，父不父，子不子。"

身处其中的卫人当然深受其害，朝歌之上的风云变幻不断挑战人们关于道与礼的认知，人们把对君主荒淫的憎恶唱进了歌谣：

栖于桑林

> 新台有泚，河水瀰瀰。燕婉之求，籧篨不鲜。

这血雨腥风的开始都在这《新台》，美貌的齐国公主满心欢喜嫁入卫国，远眺高企的新台，憧憬美好的生活，但掀开盖头发现眼前的夫婿不是风华正茂的太子伋，而是伋的父亲宣公，那一刻，无论宣公相貌如何，宣姜就如同吃了一个苍蝇，看见了癞蛤蟆，掉进了无底的陷阱之中。

值得一提的是，任何一座台的兴建，都是举国工程，要耗费大量的人力和财力，少则三两年，多则数十年，商纣王花了七年时间建造了露台，而一向节俭的曹操也花了七八年才建好了铜雀台。所以新台绝不是卫宣公看了一眼绝色的宣姜而决定以"一骑红尘妃子笑"的速度营建而成，而是卫宣公处心积虑为自己骄奢淫逸的生活早早谋划的大工程，不为了这个"宣姜"，也会为了下一个"宣姜"。

从相关史书的记载上看，对卫宣公的新台之行，宣姜本人和她背后的齐国都没有一丝一毫的反抗。也许是人们面对既成的事实也想不出比默认更好的办法，也许这只是春秋时代的惯例，与政治、军事相关，或者与民俗、文化相关。后人也把翁媳之间的暧昧关系称为"新台之丑"。

面对被安排的命运，宣姜接受了，但她也是不一位隐忍和沉默的女性。由子妇而至父妻的经历成为国中的笑柄，人们吟唱的歌谣，是宣姜无法避免的心痛与屈辱。面对现实，借夺储位来巩固儿子和自己在卫国的地位，这是春秋和后代许多身在宫廷的母亲的惯常做法。事已至此，她只能好好地活着，让自己的孩子将来主宰这个国家，于是她开始构陷原本要婚嫁的太

心
经

157

子伋，没想到太子伋愚忠之至、束手就擒。而宣姜的亲生儿子寿则与伋手足情深，时刻不忘以兄弟之心顾念，当得知兄有危难，甚至愿意以死护之，最后落得伋与寿双双凋亡。

太子伋和公子寿感人至深的手足之情便从卫地传开了，人们痛惜他们二人，遂作《邶风·二子乘舟》：

> 二子乘舟，泛泛其景。愿言思子，中心养养。
>
> 二子乘舟，泛泛其逝。愿言思子，不瑕有害。

你二人乘着船，船随水流漂荡远去。多么思念你们啊，心中眷恋不舍。你二人乘着船，船随水流行远不见。多么思念你们啊，切莫受到伤害。其中悲痛，至今读来，依旧让人扼腕叹息。

世间有多少伤害，就会有多少偿还，卫宣公的狠毒，让他失去了两个儿子，不久之后也一命归天，公子朔虽然成为卫惠公，但也因为不义之举，遭到国人的讨伐，多次被逼逃亡他国。

而《新台》的女主角宣姜，最后被娘家人齐国再嫁给太子伋的弟弟公子昭伯（同父异母），就因为怕她失势。《左传·闵公二年》记："齐人使昭伯烝于宣姜。不可，强之。生齐子、戴公、文公、宋桓夫人、许穆夫人。"齐人强迫昭伯娶宣姜，昭伯不愿意，但迫于齐国的强势，最后也只能接受。从育有五名子女的情形上看，昭伯最终还是从情感上接受了宣姜，而且他们的五个孩子中两个当了国君，两个当了夫人，其中的许穆夫人还以才情名传千古。

本应是公子昭伯的嫂嫂，结果变成庶母，继而又成妻子。对春秋贵族女性而言，婚姻中最重要的目的决不是个人的幸福，而是家国的利益。自幼长于齐国国君之家的宣姜早就明白这一点。只是这种奇葩的际遇，除了政治的操弄，多少也有宣姜的个人选择。她本不该如此不堪，但命运的裹挟，让她主动参与到了政治的旋涡中"兴风作浪"。黑格尔说："没有人能够真正超出他的时代，正如没有人能够真正超出他的皮肤。"而对于先秦之人来说，则是没有人能脱逃他的国家。

心
经

微信扫码

○ 本书配套视频
○ 《诗经》导读
○ 智慧金句讲解
○ 古典文学鉴赏

载驰奔赴：

只为我的祖国

在《邶风·新台》篇提到，原本嫁给太子却无奈被国君捷足先登的宣姜命运多舛，而她后与昭伯所生的五个孩子各有前程，其中两个当了国君，两个当了夫人，而许穆夫人就被称为"中国文学史上有记载的第一位爱国女诗人"。

众所周知，《诗经》是我国第一部诗歌总集。相传周代设有采诗之官，每年春天，摇着铜质的大铃铛，深入民间收集歌谣，把能够反映人民欢乐疾苦的作品，整理后交给太师（负责音乐之官）谱曲，演唱给周天子听，作为施政的参考，即"采诗观风"。这些没有记录作者姓名的民间作品，占据《诗经》的多数部分。而许穆夫人在"诗三百"中留下了自己的姓名，赋有《鄘风·载驰》。

> 载驰载驱，归唁卫侯。驱马悠悠，言至于漕。大夫跋涉，
> 我心则忧。

栖于桑林

160

既不我嘉，不能旋反。视尔不臧，我思不远。既不我嘉，
不能旋济？视尔不臧，我思不閟。

　　陟彼阿丘，言采其蝱。女子善怀，亦各有行。许人尤之，
众稚且狂。

　　我行其野，芃芃其麦。控于大邦，谁因谁极？大夫君子，
无我有尤。百尔所思，不如我所之。

　　据《左传·闵公二年》记载："冬十二月，狄人伐卫。卫
懿公好鹤，鹤有乘轩者。将战，国人受甲者皆曰'使鹤'……
及狄人战于荥泽，卫师败绩，遂灭卫。"当卫国被狄人占领以
后，许穆夫人心急如焚，星夜兼程赶到漕邑，吊唁祖国的危亡，
写下了这首诗。《毛诗序》说："《载驰》，许穆夫人作也。
闵其宗国颠灭，自伤不能救也。卫懿公为狄人所灭。国人分散，
露于漕邑。许穆夫人闵卫之亡，伤许之小，力不能救，思归唁
其兄，又义不得，故赋是诗也。"

　　回到诗歌中描述的一件历史大事：许穆夫人的侄子兼哥哥
卫懿公（从母系看为侄子，从父系看为哥哥），骄奢淫逸，治
国无方。卫懿公喜欢养鹤，虽不似宋代林逋般梅妻鹤子，但他
的痴迷拥有更多权力的味道。鹤被封了各种官衔，还领俸禄，
国库不够，就向老百姓加征"鹤税"。相对于他对鹤的优待，
他对大臣们却格外吝啬，以致卫国成一盘散沙。不久北狄（对
北方各少数民族的泛称）看到了机会，乘着卫国虚弱，发兵攻
打劫掠卫国。卫国的将领们都不愿意为国君卖命，他们说："国
君不是有鹤将军吗？让鹤将军跟狄人打仗去吧！"卫懿公被迫
亲临战场，一战身亡。狄人攻破朝歌，把卫国劫掠一空。不久，

心

经

许穆夫人的姐夫宋桓公迎接卫国的难民南渡黄河。五千多卫国子民，拥立戴公于漕邑，而戴公不久后也去世，文公接棒。

许穆夫人闻知卫国被亡、兄亦逝世的消息异常悲痛，恨不能插翅飞回卫国，披挂上阵，跃马疆场，抗敌复国，报仇雪耻。她想让许穆公帮忙收复国土，但许穆公怕引火烧身，不敢出兵。许穆夫人气恨交加，不顾礼法，毅然决定亲自快马加鞭赶赴漕邑。许国的大臣纷纷去拦阻她，指责她。许穆夫人坚信自己的决定，于是就有了名篇《载驰》。

诗歌的第一章描述了事件本身，驾起马车疾驰回去吊唁卫侯。到达漕邑时未久，许国大夫跋涉追赶。第二章诗人的内心充满了矛盾纠结：既然不赞同我，哪能返身回许地。比起你们心不善，我怀宗国思难弃，但也无法渡河归故里。按照那个时代的礼法，当父母已不在堂时，出嫁的女儿就再没有归宁（女子回娘家省亲）的机会，所以许穆夫人就陷入前不能赴卫、后不能返许的境地，左右为难。许穆夫人与大夫们之间应该也发生了激烈的冲突。第三章诗歌的节奏放慢，诗人的情绪从满腔愤懑到回归理性，徘徊在高高的山岗上，在田野上缓行，到底谁能来援助卫国，谁能来依靠？"控于大邦，谁因谁极？"这个大邦当然不是许国，许国众人责难"我"，实在狂妄又稚愚。"百尔所思，不如我所之。"你们考虑上百次，不如"我"亲自跑一遍。在许穆夫人的内心，她开始思量以什么方式来帮助母国恢复失地，重新立国。

那许穆夫人到底是否回到了卫国？朱熹认为此诗是许穆夫人动身往漕，途中遇许国大夫的劝阻，被迫返许而作，说法与《毛诗序》相似。今之一些学者认为，此诗当为许穆夫人到达漕邑

栖于桑林

后所作，甚至有些人确认：许穆夫人回到卫国后，先卸下车上的物品救济难民，接着与卫国君臣商议复国之策。他们招来百姓四千余人，一边安家谋生，一边整军习武，进行训练。

无论此诗作于何时，许穆夫人以一己之力硬刚一个国家的形象跃然纸上。这位有勇有谋的行动派，在周围贵族大夫的围堵之下，始终坚持自己的想法——拯救母国。接下来，她还做了另一件事情——向齐国求援，并得到了齐桓公的支持。齐桓公派兵戍漕邑，又派自己的儿子无亏率兵 3000 人、战车 300 辆前往卫国。后来，宋国也派人参战，打退了北狄，收复了失地。从此，卫国出现转机，许穆夫人的哥哥卫文公接棒后休养生息，重建家园。两年后，卫国在楚丘（今河南安阳市滑县）重建都城，他们兄妹合力，把破碎的卫国从灭亡的边缘又拉回来，恢复在诸侯国中的地位，延续四百多年。

在这段历史的背后还有些问题值得一说：卫国被袭之后，是宋国和齐国出手相救，如果说宋国援卫是因为作为卫的邻居，唇亡齿寒，且宋与卫有联姻，许穆夫人的姐姐宋桓夫人也少不了助攻。但远在东方的齐国为何助卫？本该护佑华夏各国的周天子又去哪里了？彼时，周王室衰微，诸夏群龙无首，群雄割据。辅佐齐桓公的管仲曰："戎狄豺狼，不可厌也，诸夏亲昵，不可弃也。"就算诸夏各国为利益多有龃龉，但大家还是同胞之邦，不可放弃，戎狄像豺狼，贪婪而不会满足。夷狄入侵时，其他诸华夏还是要团结起来，合力抵抗、救危助难。齐国正是秉持"尊王攘夷"的政策，出手救卫，成为齐桓公争霸天下的标志性事件。

另外，齐国出手，也与许穆夫人有关。许穆夫人作为"历史上第一位爱国女诗人"，她不同于一般养尊处优的后宫女子，逆来顺受，在她的美貌尊贵之下是果敢和坚毅。在西汉有一部介绍中国古代妇女事迹的传记性史书——《烈女传》，在《列女传·仁智传·许穆夫人》中特别为她着墨："许穆公之夫人也。初，许求之，齐亦求之，懿公将与许，女因其傅母而言曰：'古者诸侯之有女子也，所以苞苴玩弄，系援于大国也。言今者许小而远，齐大而近。若今之世，强者为雄。如使边境有寇戎之事，惟是四方之故，赴告大国，妾在不犹愈乎！今舍近而就远，离大而附小，一旦有车驰之难，孰可与虑社稷？'"许穆夫人出阁前，齐国和许国都曾来她的母国卫国提过亲。当时秉政的卫懿公不知为何脑袋灌了糨糊，没有选择实力强大的齐国，而更倾向于把她嫁到南方弱国许国去，但人间清醒的夫人不愿同许国联姻，她抗辩说：诸侯间缔结婚姻的主要目的就在于抱一棵大树"系援于大国"，一旦国家有难，近可驰援，大树也可支援。"舍近而就远，离大而附小"，实在是最不明智之举。而后卫国遭遇的一切刚好印证了这一判断。仅从这一论断我们就可以看出，许穆夫人虽是一介女子却有着不让须眉，甚至远胜过卫侯之类须眉男子的远见与卓识，对政治和军事亦有着非凡的洞察能力。

　　而在《载驰》一诗里，第一次直接写出了女人的见识与勇气。她的诗歌能够撼人心扉，受后世推崇，也正来源于她胸中的大格局。当一位女性接受了良好的教育，她会拥有智慧与决断，这种强大的力量一旦被唤起，将改变历史。千里奔赴，不为男人，只为了自己的祖国。我们也能想象，当她转头面对许穆公，不会因为才情与胆识得到宠爱，她反而成为男人的"照妖镜"，

心经

让他们时时窥见自己的胆怯和懦弱。我们几乎可以断言，许穆夫人对于她所嫁的人和国是满怀失望，生活清冷的，幸好她所心系的复兴卫国之梦后来一点点变成了现实。这对她来说，已经足够了。

在《诗经》的十五国风中，郑风独占二十一篇，为国风翘楚，风格多样，语言灵动，脍炙人口。其中既有文艺雅致的抒情：

　　青青子衿，悠悠我心。纵我不往，子宁不嗣音？

　　　　　　　　　　　　　　　　　　——《郑风·子衿》

　　野有蔓草，零露漙兮。有美一人，清扬婉兮。

　　　　　　　　　　　　　　　　　　——《郑风·野有蔓草》

也有直白泼辣的控告：

　　彼狡童兮，不与我言兮。维子之故，使我不能餐兮。

　　　　　　　　　　　　　　　　　　——《郑风·狡童》

　　子不我思，岂无他人？狂童之狂也且！

　　　　　　　　　　　　　　　　　　——《郑风·褰裳》

既有富有生活气息的小短剧：

女曰："鸡鸣。"士曰："昧旦。""子兴视夜，明星有烂。""将翱将翔，弋凫与雁。"

——《郑风·女曰鸡鸣》

将仲子兮，无逾我里，无折我树杞。岂敢爱之？畏我父母。

——《郑风·将仲子》

也有大胆的表白：

出其东门，有女如云。虽则如云，匪我思存。缟衣綦巾，聊乐我员。

——《郑风·出其东门》

风雨如晦，鸡鸣不已。既见君子，云胡不喜？

——《郑风·风雨》

这些诗歌较其他地区文字更为跳脱灵活，情感更为真挚热烈，是《诗经》中的"可人儿"。

但自孔子的"放郑声，远佞人。郑声淫，佞人殆"（《论语·卫灵公》）后，人们对《诗经》中的《郑风》误读不断。《论语·阳货》里，孔子谈到了"郑声"的问题，他说："恶紫之夺朱也，恶郑声之乱雅乐也，恶利口之覆邦家者。"他认为"郑声"的问题是"乱雅乐"，要坚决舍弃，但他的解释语焉不详，究竟郑声是什么声，郑声就是"郑风"吗？

在东汉许慎这里，他把"郑风"与"郑声"画了等号，他在《五经异义》里说："郑诗二十一篇，说妇人者十九矣，故郑声淫也。"朱熹在《诗集传》里也说："郑卫之乐皆为淫声。然以诗考之，卫诗三十有九，而淫奔之诗才四之一，郑诗二十有一，而淫奔之诗已不翅七之五……是则郑声之淫，有甚于卫矣。"简单地说，描写男女之情的诗歌占比太大了。

许慎和朱熹的观点并没有成为主流，通常认为，孔子讲的"郑声"并不包括《诗经》里的《郑风》。郑声和郑风不是一回事。司马迁在《孔子世家》里说，《诗经》"三百五篇，孔子皆弦歌之"。如果孔子排斥《郑风》，是绝不会"弦歌之"的。而且孔子作为《诗经》的编者自己说过"《诗》三百，一言以蔽之，曰：'思无邪。'"。无论孝子、忠臣、怨男、愁女，皆出于至情流溢，直写衷曲，毫无伪托虚徐之意。从孔子本人而言，他一生求复兴周礼，若觉得《郑风》不妥，他完全可以删诗而留雅乐，但《郑风》保留有如此之多，足见孔子对于所编纂诗歌的喜爱。

举个例子，就算是《郑风》中行文大胆的《将仲子》也是如此表达想爱不敢爱的情绪：

> 将仲子兮，无逾我里，无折我树杞。岂敢爱之？畏我父母。仲可怀也，父母之言，亦可畏也。
>
> 将仲子兮，无逾我墙，无折我树桑。岂敢爱之？畏我诸兄。仲可怀也，诸兄之言，亦可畏也。
>
> 将仲子兮，无逾我园，无折我树檀。岂敢爱之？畏人之多言。仲可怀也，人之多言，亦可畏也。

心
经

二哥啊，别翻越我家门户，别折了我种的杞树。哪是舍不得杞树啊，我是害怕我的父母。别翻越我家围墙，别折了我种的绿桑。哪是舍不得桑树啊，我是害怕我的兄长。别越过我家树园，别折了我种的青檀。哪是舍不得檀树啊，我是害怕邻人毁谗。

《孟子·滕文公下》说："不待父母之命、媒妁之言，钻穴隙相窥，逾墙相从，则父母国人皆贱之。"正是在这种压力之下，不敢让心上人跳墙来家中相会，只好婉言相拒，但她又深深地爱着小伙子，于是以此诗表达她又爱又怕、战战兢兢的心情。而女主人公的告求和疑惧，诗行中却历历可见"仲子"的神情音容：那试图逾墙来会的鲁莽，那被劝止引发的不快，以及唯恐惊动父母、兄弟、邻居的犹豫。

"乐而不淫，哀而不伤"，这正符合了孔子提出的"中和之美"。欢乐而不放纵，悲哀而不伤痛，一切情感的拿捏都是那么地恰到好处。

就算是如此"中和之美"的音乐，在后来人那里也听出了"弦外之音"。《左传》记载：公元前 544 年，吴国公子季札访问鲁国，请求观赏周乐。当乐工唱起《周南》《召南》，季札曰："美哉！始基之矣，犹未也，然勤而不怨矣。"当乐工唱起《邶风》《鄘风》《卫风》时，季札不由自主地赞叹道："美哉，渊乎！忧而不困者也。吾闻卫康叔、武公之德如是，是其《卫风》乎？"当乐工唱起《王风》时，季札曰："美哉！思而不惧，其周之东乎！"为之歌《郑风》，季札曰："美哉！其细已甚，民弗堪也。是其先亡乎？"为之歌《齐风》，季札曰："美哉，

心

经

171

泱泱乎！大风也哉！表东海者，其大公乎？国未可量也。"

因为周公旦的关系，周王室允许鲁国使用天子礼乐，周王室衰微，就有了"周礼尽在鲁"的说法。礼乐是周文化的核心，是华夷之别的重要标准。作为南方"蛮夷"吴国的季札，非常仰慕这一先进文化，所以请求鲁国允许他欣赏周乐。周乐包括曲、歌、舞。曲、舞都失传了，歌词流传下来不少，就是《诗经》。

在这场演奏会中，季札对每个国家的音乐都做了乐评。《周南》《召南》分别是周王室两个大功臣周公旦、召公奭封邑流传的民谣，其中除了《关雎》《桃夭》这些歌咏爱情的诗歌，还有《麟之趾》《甘棠》这种歌颂贵族德行的诗作。所以，季札评价说："美妙啊！这表达的是周王开始奠定国家的基础而尚未完成，但人民辛勤也没有怨言。"

然后为他歌唱《邶风》《鄘风》《卫风》的歌曲。邶是武庚的封地，鄘是管叔的封地，卫是康叔的封地，这三个地区比较集中，民风相似。三监之乱后，就只剩下卫国了，所以把他们的音乐放在一起，其中情歌占了很大部分，但也有像《式微》《相鼠》《载驰》这种诉说家国愁怨的，又有《定之方中》这种颂德之歌，所以季札评论说："美妙啊！深沉啊！忧愁但不困顿。我听说卫康叔、卫武公的德行就是如此的，这恐怕就是卫风吧。"

轮到《王风》，这是东周核心地带洛阳附近的民歌了。西周的歌曲大都在雅、颂之中，周王室东迁失尊，与诸侯同，所以称"风"。《王风》中第一首就是《黍离》，"知我者，谓我心忧；不知我者，谓我何求"。季札听了《王风》中的歌曲说："美啊！怀忧思而不恐惧，是周王室东迁的音乐吧。"

接下来是《郑风》，季札说："美啊！但歌唱的内容已过于琐碎，人民无法忍受，它恐怕要先灭亡吧。"翻看《郑风》，二十一篇几乎都是儿女之思，想必无论是"隃墙折桑""有女如云"，季札看到的都是没有进取之心和家国之忧的郑国，所以得出了"先亡"的结论。而到了歌《齐风》，第一篇就是催人早起干活的"鸡既鸣矣，朝既盈矣"。季札曰："美哉，泱泱乎！大风也哉！表东海者，其大公乎？国未可量也。"《齐风》内容非常丰富，有歌颂劳动的，有表达思念的，也有讽刺贵族的，所以季札评价说："美啊！浩荡啊！大国之风啊。东海诸国的表率，是姜太公的国家吧？这个国家不可限量。"

一段乐评大概写出了十五国风的特点。也由此可见，《郑风》多写男女之情事，歌词与传统的《周南》《召南》歌词的工整、雅致不太一样，更为灵活、清新、活泼，也为后来"郑声"的流行奠定了基础。

明确了《诗经》里的《郑风》不是孔子厌烦的"郑声"之后，就可以继续讨论"郑声"是什么了。郑国位于今天的河南郑州一带，无险可守，且夹于大国之间。因此，列强争霸，常把郑国作为战场。在对外政策中，郑时而亲楚，时而亲晋，早期曾是商民族的聚居地，周人灭商后，将它们分封给亲族管理，以防止商民作乱。郑、卫民间保留了商人频繁祭祀的传统，而且祭祀场合往往又是男女青年载歌载舞、聚会结交的场所。作为商族音乐遗声的"郑卫之音"继承了商音乐醋畅热烈的艺术特征，以郑卫之音为代表的民间音乐影响日益扩大，成为与雅乐相对立的阵营。

事实上，"郑声"是产生于《诗经》"雅乐"之后的一种"新声"，"雅乐"就是"周乐"，是《诗经》中的那些风、雅、颂所代表的音乐，用于祭祀、迎宾等仪式活动用乐，表现敬天礼地、歌颂先王、彰显人伦等内容，特点是多用钟鼓，庄严肃穆，演奏和舞蹈之人都是男性，有教化功能。

郑声不像古乐那样中正平和、节制含蓄，它的旋律比较放肆自由，浪漫奔放，节奏活泼，还吸收了大量年轻女性参与其中。她们拨弄管弦，随声起舞，以艺娱人，纯粹为了享乐，不符合孔子本人重视"中和之美"的音乐趣味。而孔子谈"郑声淫"的两处场合，说的都是如何保持国家长治久安。

在孔子看来，殷商的覆灭缘于牝鸡司晨，纣王热衷女色，失去了理性的思考，最终落得了国破人亡的下场，所以西周对此格外警醒。在西周初年，周天子以法律和礼仪共同构成了贵族统治的内外支柱，建立各种贵族生活中的礼仪和典礼音乐，使音乐为其王权统治服务。《诗经》就是其统治的工具，孔子要求"放郑声，远佞人"，不是从审美趣味来谈，他认为不这样做就会亡国，表达对祭祀性的雅乐不兴、娱乐性的女乐流行于宫廷的不满，不希望朝廷之上出现女性。

尽管如此，那优美感人的音调和欢快愉悦的节奏令听惯了冗长呆板的雅乐之声的人们耳目一新，就连那些懂得"古乐"重要性的贵族也不得不坦言他们确实喜好"新乐"。战国时期的魏文侯就承认自己按照礼仪要求正襟危坐、欣赏古乐，总忍不住打瞌睡，但欣赏新乐时不知疲倦（《礼记·乐记》）。这就像听古典音乐和流行音乐的区别。梁惠王也坦白道：自己所喜好的并非"先王之乐"，而是"世俗之乐"（《孟子·梁惠王下》）。

可见，雅乐赖以生存的土壤已在社会变革中被逐渐削弱。而西周以来一直被官方排斥、压制着的民间音乐，却在社会的动乱与变革之中获得了发展的契机，所谓"桑间濮上，郑、卫、宋、赵之声并出"（《汉书·礼乐志》）。"郑卫之音"以其独特的吸引力撼动了作为国家统治工具的雅乐的根基，体现出"新乐"取代"古乐"锐不可当的趋势，同时"郑卫之音"也成为春秋之后兴起的民间音乐的代名词。

孔子严肃批评"郑声淫"，但这阻止不了作为世俗音乐的"郑声"的流行。时代变了，社会氛围也变了，由女性表演、给统治者带来愉悦的"郑声"，比作为礼制象征的雅乐的生命力要强。人性需要解放，情感需要展现，原本被礼制束缚的音乐在"教化"之外，又发展出新的社会职能，它要表现出美和娱乐性的一面，毕竟它说到底是一种抒发情感的艺术。

到了汉代，人们发现雅乐居然快要找不到了。这就是《汉书·艺文志》说的"周衰俱坏，乐尤微眇，以音律为节，又为郑卫所乱，故无遗法"。司马迁也无奈地说："今汉郊庙诗歌，未有祖宗之事，八音调均，又不协于钟律，而内有掖庭材人，外有上林乐府，皆以郑声施于朝廷。"（《史记·礼乐志》）掖庭材人是宫廷女乐艺人，以表演俗乐为主，上林乐府是汉代国家音乐机关。汉乐府中的《上邪》《陌上桑》和《孔雀东南飞》很显然也是女性口吻，而那些需要正襟危坐才能听的黄钟大吕般的祭祀之乐、先王之乐，都消失在历史长河里了。从另一个角度来说，从"雅乐"到"郑声"，也是社会从礼仪化到世俗化的过程。音乐除了有教化的功能，也逐渐显露出其本体的特质。

参 考 书 目

1.鲍鹏山著：《鲍鹏山讲〈诗经〉》，东方出版中心2021年版。

2.刘勃著：《失败者的春秋》，天津出版传媒集团2019年版。

3.丘濂等著：《诗经地理》，生活·读书·新知三联书店2021年版。

4.司马迁著：《史记》，中华书局1982年版。

5.郭丹、程小青、李彬源译注：《左传》，中华书局2016年版。

6.姚际恒著：《诗经通论》，中华书局1958年版。

7.郝敬著，向辉点校：《毛诗原解 毛诗序说》，中华书局2021年版。

8.叶嘉莹、刘在昭编：《顾随讲〈诗经〉》，河北教育出版社2018年版。

9.高明乾、佟玉华、刘坤著：《诗经动物释诂》，中华书局2005年版。

10.李山著：《讲给大家的诗经》，东方出版社2021年版。

11.［日］白川静著，黄铮译：《诗经的世界》，四川人民出版社2019年版。

12.潘富俊著：《草木如织，美人如诗：诗经植物图鉴》，九州出版社
    2018年版。

参
考
书
目

后 记

当我将最后一篇书稿发给彦华时，心里长长地吐了一口气，终于写完。压在心头近两年的大石头，终于放下。

说无知也好，说无畏也好，当初竟和启迪决定要写一本关于《诗经》的书，落笔才发现，《诗经》太厚，我们读得太少。

这两年买了很多关于《诗经》的书籍，有的一掠而过，有的反复查阅，有的细细品味，越读越觉得《诗经》有味道。

给孩子讲过故事的爸爸妈妈都知道，孩子喜欢重复，一本绘本需要讲很多遍，在一次次的重复中，孩子们不断地扩展认知的边界，加强与父母之间的亲子联结。

2022 年，我开始学太极。太极老师教完一套拳的动作后，会进入第二次重复——整理动作。我的师兄师姐们还进入第三次、第四次的重复。太极老师说，这一次次的重复其实修炼的是不同的层次，从形到气，再到意，最终的目标是让我们打太极的时候能够身心合一，也就是如今时髦的名词"正念"。

后
记

我问启迪，写完书稿有什么感受，她说："常读常新。"这也是我在写作过程中的感觉。读《诗经》就像给孩子们讲故事，就像跟着老师学太极，伴随着你个人的成长，伴随着你从对生活充满美好期待和想象的青年成为一名历经人生起伏的中年人，每一次读都有新的感受，每一次读都会发现这本被誉为中国文学之源的经典的生命力。

第一次读《诗经》，是在中山大学一位中文系老师的课堂上，他请一位广东同学用粤语朗读《关雎》，那独特的韵味和声调让我这个刚刚接触粤语的外地学生充满新奇。

第二次读《诗经》，是大学毕业后，在广州南越王墓博物馆旁象岗山的一间陋室，我拿着一本《诗经》，跟学化学的室友一起读。那个时候，《诗经》在我心目中是神圣而遥远的，我是怀着崇敬之心在仰望这部经典。

第三次读《诗经》，是为人母后。为了希望丁丁有一个更健康的成长环境，一意孤行地把他转到一家私塾幼儿园，听到老师介绍《诗经》里的植物，竟然是我们身边日用而不知的野草，心中大为震惊。感觉就好像是原来以为屏幕上遥不可及的明星，竟然就是隔壁那天天倒垃圾的大姐。

第四次读《诗经》，是2019年，我和启迪组织了一场《诗经》自然音乐朗诵会，用音乐的方式，从《诗经》中的自然物入手，让大家从声音和视觉的角度来品读《诗经》。一位听不懂中文、喜欢李清照的英国友人在粤语吟诵的节目中，感受到了他喜欢的诗人。这个节目吟诵的是《木瓜》，"投我以木桃，报之以琼瑶"。

第五次读《诗经》，是2022年，为了《诗经》插画展，对植物颇有研究的旗溪新青年小张老师带我在旗溪村寻找《诗经》里的植物。"蒹葭苍苍，白露为霜"，究竟是春天还是秋天？不说话的植物可能会告诉你答案。

第六次读《诗经》，是 2022 年，我在三乡东华学校六年级开设《诗经》课。对于《蜉蝣》《桃夭》《采葛》，十多岁的孩子们是如何理解的？

……

《诗经》很遥远，距今三千年。

《诗经》不遥远，写的就是你我他的日常。

读《诗经》，读的就是我们的喜怒哀乐。

读懂它，你会更能理解人间百态；读懂它，你会更温柔敦厚。

我相信，我和启迪会用一生来读它。

吴　娟

2023 年 3 月

后

记

看配套视频 品「诗经」智慧

本书配套视频

品读中国传统文化
揭开《诗经》的神秘面纱

《诗经》导读

把握《诗经》基本内容
了解历史社会风貌

智慧金句讲解

精选《诗经》隽永诗篇
讲述其背后的故事

古典文学鉴赏

走近中国古典文学，品读
华美辞章，领悟杳渺意境

微信扫码